I0643616

RIVAROL

SA VIE ET SES ŒUVRES.

RIVAROL

SA VIE ET SES ŒUVRES

PAR

M. LÉONCE CURNIER

ANCIEN DÉPUTÉ, RECEVEUR GÉNÉRAL DU GARD.

Ouvrage couronné par l'Académie du Gard, dans sa
séance publique du 28 Août 1858.

NIMES.

DE L'IMPRIMERIE BALLIVET,
PLACE DU MARCHÉ, 8.

—

1858

PRÉFACE.

L'Académie du Gard avait proposé, pour le concours de 1858, le récit de la vie de Rivarol et l'appréciation de ses œuvres.

Je me suis laissé tenter par cet intéressant sujet, qui présente des aspects si divers et com-

porte une si grande variété de tons, parce que
les plus hautes spéculations de la politique et de
la philosophie s'y trouvent mêlées aux jeux
de l'esprit le plus frivole et le plus léger. J'ai
soigneusement étudié les moindres traits de la
physionomie de Rivarol, et j'ai essayé de la
reproduire avec une scrupuleuse fidélité. Cette
étude a eu pour moi tant d'attrait que je me suis
pris plus d'une fois à regretter de ne pouvoir
lui donner que mes veilles; j'ai été heureux de
mettre en lumière le mérite d'un compatriote
oublié ou du moins peu connu.

Je livre ma notice à la publicité sous le bien-
veillant patronage de l'Académie du Gard, qui a
daigné l'honorer de son suffrage et lui décerner
le prix.

La manière dont le jugement de cette Académie a déjà été accueilli par mes concitoyens
témoigne du progrès qui s'est opéré dans les

idées. Il fut un temps où une œuvre littéraire
émanant d'un homme placé à la tête d'un service financier, n'eût probablement rencontré de
prime-abord que des préventions défavorables ;
par une telle excursion en dehors de sa spécia-
lité, l'auteur eût au moins excité quelque étonnement dans un certain monde. On comprend
aujourd'hui que de pareils travaux ou plutôt de
pareils délassements se concilient très-bien avec
les occupations les plus sérieuses, avec les fonctions les plus importantes, et que, dans toutes
les positions de la vie, la culture des lettres,
qui élève l'âme et développe ses plus belles
facultés en la charmant, est l'exercice le plus
noble auquel on puisse consacrer ses loisirs.

Cette opinion, que m'a lui-même exprimée
avec une extrême bonté un ministre éminent (ᵃ),
dominait depuis longtemps dans les régions

(a) M. Magne, ministre des Finances.

supérieures de l'administration ; car l'honorable M. de Parieu a fait insérer dans la *Revue contemporaine* d'excellentes pages d'histoire, pendant qu'il était président de la section des finances au Conseil d'Etat. Plusieurs des membres les plus distingués et les plus laborieux de ce grand corps sont également sortis de leur sphère officielle pour publier des articles littéraires, aux applaudissements de tous les hommes éclairés.

Maintenant, le système de la *spécialisation* (b) poussé à l'excès, ce système qui tend à tracer autour de chacun de nous comme un cercle qu'il ne lui soit pas en quelque sorte permis de franchir, est partout justement discrédité. Je me félicite, et pour mon pays et pour moi-même, d'un progrès si heureusement accompli. Le jour

---

(b) Ce néologisme un peu barbare, qui rend d'une manière assez expressive l'idée non moins barbare à laquelle il répond, est extrait d'un très-bon article de la *Revue contemporaine*, du 30 juin 1858, intitulé *la Plume et l'Epée*, et rempli de réflexions judicieuses en faveur des militaires qui écrivent ; réflexions dont la plupart sont applicables à toutes les professions.

où le goût des plaisirs délicats de l'esprit est généralement répandu dans son sein, un pays a fait un pas immense dans les voies de la civilisation.

RIVAROL

SA VIE ET SES ŒUVRES.

« Rivarol fut un homme d'une grande valeur,
» a dit Sainte-Beuve (1)*, et *il n'a pas encore été*
» *mis à sa place.* » Cette opinion d'un de nos critiques les plus autorisés nous paraît justifier
pleinement le choix de l'Académie du Gard.

Il y a de nos jours comme une noble émulation entre les sociétés savantes pour honorer la

---

* Voir les notes à la fin du volume.

mémoire des hommes qui ont des titres réels à l'admiration de la postérité, et pour perpétuer leur souvenir. Chacune d'elles est jalouse d'apporter sa pierre au monument élevé par la littérature française à toutes les gloires du pays. Elles suivent, du reste, en cela une des tendances les plus heureuses de notre époque. Le siècle où nous vivons ne saurait être accusé d'ingratitude envers les morts illustres. Partout les hommages les plus éclatants leur sont rendus. On dirait que la génération actuelle, si souvent accusée d'être uniquement absorbée par les intérêts matériels, tient à honneur d'acquitter largement la dette de celles qui l'ont précédée; c'est en quelque sorte le temps des grandes réparations.

Rivarol, qui eut de son vivant une popularité inouïe, mais qui fut sitôt oublié, est un enfant du Gard; il était naturel qu'il fixât plus particulièrement l'attention de notre Académie. En proposant pour sujet de concours le récit de sa vie et l'appréciation de ses œuvres, elle a, pour ainsi dire, rempli un devoir pieux (²). Nous allons essayer de répondre à son appel et de marquer le rang qui appartient à cet esprit d'élite parmi les célébrités du dernier siècle.

Nous considérerons Rivarol avant la révolution, — dans le cours de la révolution, — pendant l'émigration ; telle sera la division de notre travail. Nous parcourrons ainsi les trois grandes périodes de cette existence si pleine et si agitée, et nous examinerons successivement tous les ouvrages sortis d'une plume tour à tour plaisante et sévère, selon l'ordre de leur publication. Cet ordre est, à notre avis, le meilleur ; car c'est celui qui permet le mieux de faire exactement la part de l'influence qu'exercent toujours sur un écrivain le milieu dans lequel il se trouve, l'atmosphère dont il est environné.

PREMIÈRE PARTIE.

—

RIVAROL AVANT LA RÉVOLUTION.

Rivarol naquit en 1754. Toutes ses biographies, d'accord avec les libelles qui furent lancés contre lui, placent à Bagnols le lieu de sa naissance. Il nous a été cependant affirmé par un de nos plus honorables compatriotes qu'il existait un acte authentique duquel il semblerait résulter d'une manière indirecte que Rivarol était né à Nîmes, pays de sa mère ([3]). Malgré nos recherches, nous n'avons pu parvenir à nous

procurer cet acte, ni à éclaircir par d'autres
moyens le fait qu'on a cru pouvoir en induire ;
mais, ce fait fût-il constant, la ville de Bagnols
n'en devrait pas moins être regardée comme la
véritable patrie de Rivarol ; car elle fut longtemps
la résidence de sa famille ; c'est là qu'il passa
son enfance sous le toit paternel ; c'est là qu'il
reçut cette première éducation du foyer domes-
tique, par laquelle nous sommes réellement
enfantés à la vie morale. Ce premier éveil de la
vie de l'âme, que l'on commence à sentir sur les
genoux d'une mère, cette seconde naissance,
qui est le plus bel apanage de l'homme, forment
le plus puissant et le plus doux des liens qui
nous attachent à un pays.

Le grand-père de Rivarol était originaire du
Piémont. Il fit avec distinction, au service de
l'Espagne, toutes les guerres de la succession.
Puis, il vint s'établir dans le Bas-Languedoc, et
il y épousa une cousine-germaine de M. de

Parcieux, savant très-estimé et membre de l'Académie des sciences.

Rivarol se disait le descendant des comtes de Rivarola, qui avaient possédé en Italie un fief considérable ; mais s'il tenait des Rivarola un nom brillant et sonore , c'était l'unique héritage qu'ils lui eussent transmis ; car son père n'avait pour toute richesse qu'une nombreuse progéniture : seize enfants, dont Rivarol était l'aîné , voilà quels furent tous ses trésors. Aussi, se vit-il réduit à exercer, dans une sorte de cabaret, la plus humble des professions hospitalières (¹).

Rivarol eut donc le sort de Voiture, le coryphée de l'hôtel Rambouillet, avec qui, du reste, il avait plus d'un trait de ressemblance ; le destin le fit naître gentilhomme dans la taverne d'un marchand de vin. Le singulier contraste qu'offraient son titre de comte et la position de sa famille, lui valut plus tard les sarcasmes des

petits auteurs dont il avait blessé la vanité, et
ceux de quelques écrivains d'un ordre supérieur
qu'il avait eu le tort de confondre avec eux. Ils
se plurent d'autant plus à lui contester la
noblesse de son extraction qu'il aima toujours à
en faire parade dans le monde. Il semble aujour-
d'hui suffisamment démontré que ses prétentions à cet égard étaient fondées, quoiqu'elles
fussent loin d'être en harmonie avec la condition
sociale où un jeu du hasard l'avait placé.

Nous n'insisterons pas davantage sur les par-
ticularités de la naissance de Rivarol. La question de savoir s'il fut réellement de noble race
ou « de vile bourgeoisie », comme eût dit Saint-
Simon, le duc et pair le plus imbu des préjugés
aristocratiques, n'a pour nous qu'une médiocre
importance; car il eut à un assez haut degré
cette noblesse de l'intelligence qui constitue la
plus belle et la plus légitime des aristocraties,
pour se passer au besoin de la noblesse du

sang ; et une modeste origine , loin de rabaisser
le mérite de celui qui , par son talent ou par ses
services , s'élève au-dessus du vulgaire, ne fait
qu'en rehausser l'éclat. Si nous avons repoussé
sur ce point les accusations dirigées contre Rivarol , au milieu d'une avalanche de plaisanteries
et de quolibets qui ne tendaient à rien moins qu'à
le représenter comme une sorte de *bourgeois gentilhomme*, se parant sottement de titres d'em-
prunt, c'est d'abord pour être fidèle à la vérité ;
c'est , ensuite , parce qu'il nous en eût coûté de
mettre un homme aussi remarquable au nombre
de « ces larrons de noblesse » dont Molière et La
Bruyère ont fait justice par le ridicule dans des
chefs-d'œuvre immortels.

Le père de Rivarol avait de l'instruction. Il
voulut que son fils cultivât les heureuses dis-
positions que la Providence lui avait départies ;
il l'envoya au petit séminaire de Sainte-Garde à
Avignon. Comme Diderot, le jeune Rivarol sor-

tit du séminaire pour entrer dans une étude de
procureur, s'il faut en croire Chamfort qui,
sous une forme satirique beaucoup trop empreinte de l'inimitié qu'il avait conçue contre lui,
résume ainsi les diverses phases de sa première
jeunesse : « Du silence de l'étude, il passa au
» bruit des armes, et, malgré sa haute nais-
» sance, il commença, comme Pierre-le-Grand,
» par être simple soldat. Ami précoce de l'anti-
» thèse et des travestissements, après avoir
» quitté la plume pour l'épée, il quitta l'épée
» pour le petit-collet ; il fut précepteur à Lyon,
» puis bourgeois à Paris. »

Nous ne suivrons pas Rivarol dans ces différentes évolutions qui dénotent un esprit amoureux du changement, et nous le montrent cherchant de tous côtés sa voie sans la trouver ; car
les seuls documents que nous ayons à ce sujet
manquent de certitude, et n'ont rien, d'ailleurs,
qui vaille la peine d'être signalé.

C'est vers la fin de l'année 1774, qu'ayant dit adieu à la vie de province, il arriva dans la capitale où l'appelaient ses goûts littéraires et où les plus beaux succès lui étaient réservés.

M. de Parcieux, son parent, le présenta à d'Alembert. L'illustre auteur du *Discours préliminaire de l'Encyclopédie* et de la *Théorie des vents* qu'environnait le double prestige des sciences et des lettres, jouissait alors d'un crédit immense. Rivarol eut le bonheur de lui plaire ; il lui dut bientôt le précieux avantage de vivre dans le commerce des notabilités de l'époque. D'Alembert, qu'une aimable gaîté, née d'un grand fonds d'observations malignes, faisait rechercher dans tous les salons, les ouvrit à son jeune protégé. Rivarol ne tarda pas à y acquérir la réputation la plus flatteuse.

La nature avait été envers lui prodigue de ses dons. Une figure agréable, qui respirait tout à

la fois la douceur et la noblesse, une taille
élevée, une tournure élégante, un regard
d'aigle, un son de voix mélodieux et pénétrant,
des manières pleines d'urbanité et de distinction,
se joignaient à une imagination vive et féconde,
à une élocution facile et animée, à une humeur
gaie et railleuse, à une originalité fine et piquante, pour lui donner une grande puissance
de séduction ; aussi obtint-il, dès le début, ces
premiers témoignages de la faveur publique que
les hommes les plus distingués sont souvent
condamnés à attendre longtemps. Son apparition dans le monde fut presque un événement.
« Remarqué le premier jour, il fut admiré le
» second et célèbre le troisième, » a dit un
écrivain justement frappé de la rapidité extraordinaire de cette renommée.

Rien ne saurait rendre le charme de la conversation de ce causeur spirituel, dont les
saillies, toujours assaisonnées de sel attique et

relevées en quelque sorte par une certaine fatuité
de bon ton qui était alors le cachet particulier
des grands seigneurs, faisaient les délices des
cercles à la mode, et de là circulaient bientôt
de bouche en bouche dans tout Paris.

Au sein d'une société frivole et sceptique, qui
ne demandait qu'à être amusée, qui riait de
tout, même de ce qu'il y avait de plus respec-
table et de plus sacré, Rivarol, le Français par
excellence d'après Voltaire, la verve gauloise
personnifiée, l'épigramme faite homme, ne pouvait manquer de briller au premier rang.

Du reste, il se prodiguait non-seulement partout où l'on ne prisait que le génie de la raillerie
et de la satire, mais encore partout où l'on aimait
à associer, dans des entretiens variés, l'esprit et
la raison, les graves discussions et les légers propos; et toujours il était entouré, fêté, applaudi.
La parole était pour lui comme un instrument

prodigieux dont il jouait en artiste consommé et avec une grâce, une aisance, une facilité sans pareilles ; on s'enivrait de cette mélodie.

Tous ceux à qui il a été donné de l'entendre, ont épuisé les formules de la louange en parlant de ce talent d'improvisation d'où jaillissait, comme d'une source intarissable, le langage le plus coloré et le plus pittoresque. C'était un jet continu de pensées et d'images, qui rayonnait sur mille objets divers. On était comme ébloui par les lumineuses surprises d'un feu roulant de traits vifs, saisissants, inattendus.

Pour se faire une juste idée de l'enthousiasme qu'excitait son inépuisable faconde, on n'a qu'à lire le récit que nous a laissé Chenédollé, l'auteur du *Génie de l'homme*, de sa première visite à Rivarol ; nous croyons devoir citer textuellement ce qu'il renferme de plus saillant à ce point de vue :

« On m'avait tant vanté, dit-il, l'esprit de Ri-
» varol, que je brûlais de faire sa connaissance.
» Je m'étais trouvé deux ou trois fois à table
» près de lui dans un restaurant, et ce que j'a-
» vais saisi au vol de sa conversation m'avait jeté
» dans une espèce d'enivrement fiévreux dont je
» ne pouvais revenir. Je ne voyais que Rivarol ;
» je ne pensais, je ne rêvais qu'à Rivarol. Un
» de ses plus intimes amis voulut bien m'intro-
» duire auprès de mon idole. Je ne puis dire
» quelles sensations j'éprouvai, quand je fus à
» la porte de la maison ; j'étais ému, tremblant,
» palpitant comme si j'allais être en présence
» d'une maîtresse adorée et redoutée tout ensem-
» ble. D'un côté le désir d'entendre cet homme
» incomparable, de l'autre la crainte d'être en
» butte à quelques-uns de ces traits mordants
» qu'il décochait si volontiers, m'agitaient, me
» bouleversaient. »

Chenédollé s'étend ensuite longuement sur le

2

curieux entretien qu'il eut avec Rivarol. L'abondance de ses idées, le bonheur et l'éclat de ses expressions, cette élocution magique, cet organe enchanteur, tout le transporte, tout le ravit; il ne sait comment exprimer « les sentiments que » faisaient naître en lui ces flots pressés et cette » cascade incessante du torrent sonore ».

Une chose l'étonne pourtant, c'est la sévérité des jugements de Rivarol sur les hommes du jour les plus célèbres; c'est le ton d'assurance et d'infaillibilité avec lequel il les prononce; c'est ce dédain de la supériorité qu'il affecte pour toutes les objections; mais il lui semble qu'il est impossible *qu'un homme qui parle si bien se trompe*. Il termine ainsi son dithyrambe :

« Nous sortîmes confondus, terrassés, par » les miracles de cette parole presque fabuleuse » qui tombait en reflets pétillants comme des » pierreries. Nous ne cessions de répéter : Il

» faut convenir que Rivarol est un causeur bien
» extraordinaire ! on n'a qu'à le toucher sur
» un point, et le merveilleux clavier répond à
» l'instant par toute une sonate. »

Malgré la teinte d'exagération dont ce récit
paraît empreint, Chenédollé n'était que l'écho
de l'opinion qui dominait alors ; la plupart de
ses contemporains partageaient à tous égards sa
vive admiration.

Non seulement, en effet, Rivarol excellait
dans l'épigramme et dans les jeux les plus brillants de la parole, mais encore il était un grand
juge littéraire ; nul ne remplissait mieux que lui
le rôle de haut-justicier de la littérature de son
temps. Les jugements improvisés qu'il répandait
çà et là, ainsi que ses bons mots, suivant le
caprice du moment, dispensant en aristarque
l'éloge et le blâme, mais plus volontiers le blâme
que l'éloge, étaient accueillis comme des oracles

ou regardés comme des arrêts sans appel ; les
travaux les plus estimés des princes de la critique n'avaient ni plus de retentissement, ni plus
d'autorité.

Rivarol était pourtant loin de viser à la popularité en pareille matière ; il n'ambitionnait que
les suffrages des gens de goût ; il ne cherchait
à plaire qu'*aux délicats*, pour nous servir d'un
terme aussi charmant que juste de Sainte-Beuve.
Il se peint parfaitement lui-même en définissant
ainsi l'esprit et le goût :

« L'esprit est en général cette faculté qui voit
» vite, brille et frappe. Je dis *vite;* car la
» vivacité est son essence ; un trait et un éclair
» sont ses emblèmes. Observez que je parle de
» la rapidité de l'idée et non de celle du temps
» que peut avoir coûté sa poursuite. Le génie
» lui-même doit ses plus beaux traits, tantôt à
» une profonde méditation et tantôt à des ins-

» pirations soudaines. Mais, dans le monde,
» l'esprit est toujours improvisateur ; il ne
» demande ni délai ni rendez-vous pour dire
» un mot heureux. Il bat plus vite que le simple
» bon sens ; il est, en un mot, *sentiment prompt*
» *et brillant.*

    » Le jugement se contente d'approuver et de
» condamner ; mais le goût jouit et souffre. Il
» est au jugement ce que l'honneur est à la
» probité. Ses lois sont délicates, mystérieuses
» et sacrées. L'honneur est tendre et se blesse
» de peu : tel est le goût ; et, tandis que le juge-
» ment se mesure avec son objet où le pèse dans
» la balance, il ne faut au goût qu'un coup
» d'œil pour décider son suffrage ou sa répu-
» gnance, je dirais presque son amour ou sa
» haine, son enthousiasme ou son indignation,
» tant il est sensible, exquis et prompt ! L'esprit
» de critique est un esprit d'ordre : il connaît
» des délits contre le goût et les porte au tribunal

» du ridicule ; car le rire est souvent l'expression
» de sa colère, et ceux qui le blâment ne savent
» pas que l'homme de goût a reçu vingt blessures
» avant d'en faire une. On dit qu'un homme a
» l'esprit de critique, lorsque le ciel lui a donné
» non-seulement la faculté de distinguer les beau-
» tés et les défauts des productions qu'il juge,
» mais une âme qui se passionne pour les unes
» et s'irrite des autres, une âme que le beau et
» le sublime jettent dans le ravissement et qui,
» furieuse contre la médiocrité, la flétrit de ses
» dédains et l'accable de son ennui. »

Ces deux définitions sont de vrais petits chefs-
d'œuvre ; jamais l'esprit et le goût ne furent
analysés avec plus de sagacité et de finesse.
C'est que, pour bien saisir et bien déterminer
leurs caractères distinctifs, Rivarol n'avait qu'à
étudier sa propre nature et qu'à esquisser le
modèle qu'il portait en lui, l'idéal dont il était
la personnification la plus parfaite.

L'esprit et le goût, telles furent les qualités dominantes de Rivarol; et il cédait à un besoin irrésistible en les déployant dans toute leur splendeur, dès qu'il se trouvait en présence d'un auditoire sympathique. Il s'emparait, en maître, de cet auditoire qu'il se sentait capable de fasciner à son gré. On eût dit qu'il s'arrogeait le droit de captiver seul son attention, à le voir constamment en scène, en homme qui a la conscience de sa supériorité, qui sait qu'il ne peut ouvrir la bouche sans laisser tomber une pluie de diamants, comme la jeune fille enchantée par les fées, et qui se plaît (un peu trop peut-être) à étaler ses richesses.

Aimé des uns, redouté des autres, admiré de tous, tranchant, absolu, mais cachant ce travers sous la grâce la plus séduisante, il régnait presque en souverain parmi les beaux esprits du temps, quoiqu'il n'eût encore rien écrit ou du moins rien fait imprimer.

Buffon, ce grand coloriste, le plus poétique
de nos prosateurs, qui, en étudiant la nature,
a su emprunter pour la peindre quelque chose
de son éclat et de sa majesté, comblait Rivarol
d'amitiés et de prévenances ([5]). Voltaire lui-
même, le véritable roi ou plutôt le dieu du xviii^e
siècle, Voltaire, que pourtant il n'encensait pas,
comme tant d'autres, outre mesure, et à qui
il ne voulait accorder que le sceptre de la poésie
fugitive, l'invitait à passer la belle saison dans
son château de Ferney. Les plus grands seigneurs, tout en refusant de reconnaître la lé-
gitimité de ses titres nobiliaires, s'inclinaient
devant cette autre noblesse qu'il devait à son
merveilleux esprit, et se disputaient l'honneur
de l'avoir à leur table ([6]). Il était de tous les petits soupers, et il les égayait par ses saillies qui
se mêlaient si bien au pétillement du champagne
en coulant à flots comme lui; pour tous les convives, elles en étaient l'assaisonnement le plus
piquant. S'il vivait ainsi, comme le renard de la

fable, aux dépens de ceux que charmait sa parole enchanteresse, il vivait plus encore peut-
être aux dépens de ceux qui craignaient sa verve
sarcastique, bien qu'à tout prendre elle fût plutôt la verve d'Horace que celle de Juvénal. Hélas !
il n'est que trop vrai qu'on gagne plus, bien
souvent, à se faire craindre qu'à se faire aimer ;
c'est un des côtés les plus tristes de notre pauvre humanité.

Heureux de ces succès de société qui ne lui
coûtaient assurément aucun effort, quoique ses
ennemis aient prétendu qu'il méditait à loisir
tous ses impromptus et qu'il préparait le matin
sa conversation du soir, Rivarol s'abandonnait
comme un vrai sybarite à sa paresse et à son
insouciance naturelles, et ne songeait, en épi-
curien, qu'à se couronner de roses avant qu'elles
eussent le temps de se flétrir. Il ne se levait qu'à
deux heures de l'après-midi, s'occupait avec
beaucoup de soin de sa toilette, allait dans le

2*

monde (⁷) savourer les douceurs de cette gloire facile et incontestée qu'il devait à une organisation tout exceptionnelle, hantait les boudoirs les plus renommés, se livrait follement à tous les plaisirs et renvoyait chaque jour au lendemain les affaires sérieuses.

Cependant cette vie si frivole et si dissipée avait fini par le lasser, et il écrivait à un ami : « La » vie que je mène est un drame si ennuyeux que » je dis toujours que c'est Mercier qui l'a fait ». Il apportait, on le voit, son humeur satirique jusque dans les épanchements les plus intimes.

Il comprit enfin que ce n'était pas assez de régner par des saillies ou par des merveilles d'élocution qui ne laisseraient après lui aucune trace, et qu'il fallait aspirer à une gloire moins éphémère. Il ne renonça pas pour cela à ses habitudes mondaines; mais il travailla la nuit. Sous ses dehors de légèreté, il avait, au fond,

l'esprit susceptible d'une application soutenue.
Il consacrait ses veilles à l'étude des langues ; il
cherchait à se familiariser avec ces précieux instruments de nos connaissances ; il approfondis-
sait les principes qui constituent le fondement
même du langage. Il avait l'ambition de briller
par le style ; doué au plus haut degré du sens
littéraire , il savait que le style seul assure l'immortalité aux œuvres de la pensée , et il s'attachait à perfectionner le sien dans le silence du
cabinet avant de rien publier ; il voulait ne descendre dans la lice qu'armé de toutes pièces
« comme Minerve sortant de la tête de Jupiter ».

Le premier écrit qui attira sur lui l'attention
fut un écrit anonyme contre l'abbé Delille ; il
parut en 1782. On sut bientôt qu'il était de Rivarol. L'engouement du public pour l'auteur du
poème des *Jardins* , artiste ingénieux et spirituel, mais dépourvu le plus souvent de nerf ,
de naturel , de sensibilité et d'inspiration , était

alors à son apogée; il l'attaqua avec sa verve
accoutumée.

« Il vient enfin de franchir le pas, disait Riva-
» rol de l'abbé Delille; il quitte un petit monde
» indulgent qu'il charmait depuis tant d'années
» pour paraître aux regards sévères du grand
» monde qui va lui demander compte de ses suc-
» cès; enfant gâté qui passe des mains des fem-
» mes à celles des hommes et pour qui on pré-
» pare une éducation plus rigoureuse, il sera
» traité comme les petits prodiges. »

Il critique ensuite amèrement le poème des
Jardins; il le critiqué comme aurait pu le faire
André Chénier, le plus beau génie poétique de
ce temps qui comptait tant de versificateurs plus
ou moins habiles et si peu de poètes vraiment
dignes de ce nom, mais l'ennemi le plus violent
de l'abbé Delille qu'il ne cessait de poursuivre
de sa haine. Sans doute, il montre par des ré-

flexions judicieuses qu'il a le sentiment de la véritable poésie au milieu de ce déluge de vers élé-
gants et faciles où manquait le feu sacré ; mais
il est trop caustique et trop acerbe, et il ne rend
pas à Delille la justice qui est due au peintre
aimable de mille tableaux pleins de grâce et de
fraîcheur, au chantre harmonieux de l'*Imagination* et de la *Pitié*, à l'Ovide de la France. Il fut
encore moins bien inspiré sur le même sujet dans
le dialogue entre *le Chou et le Navet*, plaisanterie en vers médiocres et fort inférieurs à ceux
contre lesquels il dirigeait les traits de sa satire.

Bientôt une circonstance imprévue allait le
mettre à même de recueillir le fruit de ses travaux philologiques et de lever avec éclat le voile
dont il les avait d'abord entourés.

L'académie de Berlin avait proposé, pour le
concours de l'année **1784**, la réponse aux questions suivantes : Qu'est-ce qui a rendu la langue

française universelle? — Pourquoi mérite-t-elle
cette prérogative? — Est-il à présumer qu'elle
la conserve?

Le choix d'un pareil sujet de la part d'une
académie étrangère, devait flatter l'orgueil de
la France, car il témoignait hautement de l'ascendant moral qu'elle exerçait dans le monde,
ascendant que le grand siècle lui avait légué et
qu'il avait établi sur de si solides fondements
que les hontes de la Régence et les humiliations
du règne de Louis xv n'avaient pu le détruire.

C'était en réalité la glorification du génie
français qui était mise au concours. Il apparte-
nait à celui que nous avons appelé, comme Voltaire lui-même, le *Français par excellence*, de
remplir une si belle tâche; elle avait de quoi
séduire un cœur noble et un esprit distingué.

Rivarol était merveilleusement préparé pour
ce tournoi académique. Il avait réuni d'avance

de riches matériaux comme s'il eût eu le pressentiment de l'avenir; il ne pouvait avoir une meilleure occasion de les utiliser. Il concourut et remporta le prix.

C'était la seconde fois dans l'espace de vingt-cinq ans qu'un Français était couronné par l'académie de Berlin ; le nom de d'Alembert avait été proclamé dans la même enceinte pour sa *Théorie des vents*. La France joignait ainsi la palme des lettres à celle des sciences.

Rivarol eut le bonheur et la gloire de faire reconnaître au dehors d'une manière éclatante la prépondérance intellectuelle de la France , dans un moment où malgré l'heureuse issue de la guerre d'Amérique , elle n'était pas encore consolée des revers de la guerre de sept ans. Ce fut plus qu'une œuvre de talent, ce fut un acte de patriotisme.

L'opinion publique confirma le jugement de

l'Académie de Berlin ; le *Discours sur l'universalité de la langue française* excita un cri général
d'admiration. Rivarol n'était guère connu jusque-
là que pour le plus fin , le plus aimable et le plus
enjoué des causeurs ; le penseur sérieux venait
de se révéler. Ce malicieux auteur de tant de mordantes épigrammes , ce favori des salons et des
boudoirs , ce voluptueux , ce rieur en prose et en
vers , s'était élevé tout-à-coup à des idées d'un
ordre supérieur , et, comme par une transfor-
mation soudaine , était devenu un grammairien
subtil , un philosophe érudit. On fut ravi d'une
métamorphose à laquelle on était si loin de s'attendre , et le plaisir de la surprise ajouta au succès de l'ouvrage.

Si la France eût été seule à applaudir, on eût
pu dire en quelque sorte qu'elle s'applaudissait
elle-même ; mais en dépit des préjugés natio-
naux, il y eut dans toute l'Europe un concert
presque unanime de louanges.

Avec les éloges de Buffon, Rivarol reçut les félicitations du roi de Prusse qui aimait à se poser en protecteur éclairé des hommes éminents de tous les pays. « Le roi de Prusse m'a écrit, dit-il dans une de ses lettres; voilà mon apothéose ». Rien ne manqua à son triomphe, rien...... pas même les dénigrements de l'envie. C'est le propre de tout grand succès de susciter des détracteurs et des jaloux : on le reconnaît à ce signe infaillible ([8]). Telle est la loi; nul ne peut s'y soustraire; l'usage qui à Rome la rappelait à tout triomphateur avait une signification bien haute !

Ce discours, qui fit alors tant de bruit, est marqué au coin d'un esprit sage et original tout à la fois. Il abonde en aperçus lumineux, en vues fines ou profondes, en rapprochements ingénieux. On se rappelle involontairement, en lisant certains passages, ce vers de Marie Chénier :

Esprit, raison qui finement s'exprime,

ou ce mot ravissant de Lamartine : *l'esprit est la*

grâce du bon sens. Le style a de la chaleur et de la rapidité ; concis, incisif, il est néanmoins riche en images qui animent la pensée et la rendent vivante.

Rivarol indique avec une rare perspicacité, avec une sûreté de coup-d'œil admirable, les causes de l'universalité de la langue française ; et les considérations historiques, philosophiques et littéraires qu'il présente, annoncent des connaissances fort étendues. Il explique très-bien comment la position de la France, sa constitution politique, l'influence de son climat, le naturel de ses habitants, le génie de ses écrivains, l'estime et le respect qu'elle a su commander à tous les peuples, bien plus, ses malheurs même et ses fautes (⁹), ont plus ou moins contribué à lui donner ce glorieux privilége. Il fait ressortir la diversité des caractères qu'elle doit à la diversité des races dont s'est composée peu à peu la nationalité française et qui se sont fondues dans une laborieuse unité. Il montre que c'est par là

surtout qu'elle est éminemment propre à tous
les genres, au genre le plus sérieux et le plus
sévère, comme au genre le plus familier et le
plus léger, réunissant ce que chaque dialecte
primitif avait de plus parfait, et joignant ainsi
la vigueur et l'éclat à la grâce et à la simplicité,
l'ampleur et la majesté aux allures lestes et déga-
gées, l'harmonie et l'abondance à la précision et à
la clarté. Il insiste particulièrement sur cette précision et sur cette clarté; il met en relief ces deux
qualités essentielles d'une langue prédestinée par
la Providence à servir de véhicule aux idées géné-
rales, à cimenter la paix entre les nations en
prêtant à la diplomatie sa merveilleuse lucidité
pour empêcher que la guerre ne sortît d'une
amphibologie ou d'une équivoque, à être, en
un mot, le plus puissant instrument de progrès
et de civilisation qui fût jamais.

« Ce qui n'est pas clair, dit-il, n'est pas fran-
» çais; ce qui n'est pas clair est encore anglais,

» italien, grec ou latin. Il semble que c'est d'une
» géométrie toute élémentaire, de la simple ligne
» droite, que s'est formée la langue française,
» demeurée seule fidèle à l'ordre direct, et que
» ce sont les courbes et leurs variétés infinies qui
» ont présidé à la formation des langues à inver-
» sions.....

» Il y a des piéges et des surprises dans les
» langues à inversions ; le lecteur reste suspendu
» dans une phrase latine comme un voyageur de-
» vant des routes qui se croisent; il attend que
» toutes les finales l'aient averti de la correspon-
» dance des mots, et son esprit résout enfin le
» sens de la phrase comme un problème. La
» prose française se développe en marchant, se
» déroule avec une noble aisance, et on la suit
» sans effort. Toujours sûre d'elle-même, elle
» entre avec plus de bonheur dans la discussion
» des choses abstraites, et sa sagesse donne de
» la confiance à la pensée. Les philosophes l'ont

» adoptée parce qu'elle sert de flambeau aux
» sciences qu'elle traite, et qu'elle s'accommode
» également et de la frugalité didactique et de la
» magnificence qui convient à l'histoire de la na-
» ture..... Elle est encore plus faite que toute
» autre pour la conversation, lien de tous les
» hommes et charme de tous les âges, et, puis-
» qu'il faut le dire, elle est de toutes les langues
» la seule qui ait une probité attachée à son gé-
» nie. Sociale, raisonnable, ce n'est plus la lan-
» gue française, c'est la langue humaine! »

La comparaison des idiomes et des littératures
qui les ont fixés, amène Rivarol à tracer un tableau rapide des principales nations de l'Europe,
depuis le seizième siècle où la révolution opérée
par la renaissance des lettres, par la découverte
de l'Amérique, par l'invention de la poudre et de
l'imprimerie, commença à leur faire sentir la
nécessité de se décider sur le choix d'une langue; car le caractère des peuples et le génie de

leur langue sont toujours garants l'un de l'autre ; ils s'élèvent ou s'abaissent en même temps, et leur union, fondée sur la perpétuelle alliance de la parole et de la pensée, est un des faits les plus incontestables de l'histoire.

L'Allemagne, l'Espagne, l'Italie, l'Angleterre et la France passent successivement sous nos yeux. Rivarol s'arrête avec complaisance à jeter quelques fleurs à la patrie du Dante et des Médicis, « à cette contrée deux fois mère des arts ; » mais il donne la plus large place au parallèle de la France et de l'Angleterre, « pays chez qui tout » diffère, climat, langage, gouvernement, vices » et vertus ; peuples voisins et rivaux qui, après » avoir disputé trois cents ans, non à qui aurait » l'empire, mais à qui existerait, se disputent » encore la gloire des lettres et se partagent » depuis un siècle les regards de l'univers. »

Ce parallèle est remarquable à plus d'un titre ;

les traits distinctifs , la physionomie particulière
de chacune de ces deux grandes nations , y sont
fidèlement reproduits , et l'importance du rôle
qu'elles ont été appelées à jouer sur la scène du
monde y est très-bien mise en lumière. La France
y occupe le premier rang , entourée des splendeurs du siècle de Louis xiv ; mais l'Angleterre [10]
y apparaît au milieu d'un cortége de grands
hommes qui ont illustré l'humanité non moins que
leur pays , et le génie de la race anglo-saxonne
reçoit un hommage mérité que ne saurait atténuer l'amertume ou l'exagération de quelques
critiques. En exaltant la France , Rivarol sait se
montrer juste envers son éternelle ennemie, malgré les passions du moment, que surexcitaient
des événements récents.

Il termine par une esquisse brillante du xviiie
siècle , qui nous représente Fontenelle , Montesquieu , Buffon , Raynal , Rousseau , et, au-
dessus d'eux , Voltaire , l'esprit le plus universel

des temps modernes, continuant le sillon lumineux tracé par leurs immortels prédécesseurs ;
répandant de plus en plus en Europe la connaissance, le goût, la passion même de notre
langue ; couvrant enfin le malheur de nos armes
de l'éclat de la gloire littéraire ; puis, les progrès de la science faisant déjà entrevoir dans
l'avenir les prodigieuses découvertes qui devaient
un jour transformer le monde.

Tel est, à grands traits, le résumé du discours couronné par l'Académie de Berlin. Il
suffit pour en faire mesurer la portée. On voit
assez que ce n'est pas là une œuvre ordinaire,
et, pour peu qu'on tienne compte des circonstances qui accompagnèrent sa publication, on
ne saurait être étonné de l'effet immense qu'il
produisit, quand il parut sous cet honorable
patronage.

Toutefois', comme nous n'écrivons pas un

panégyrique, et que nous voulons avant tout être vrai, nous ne pouvons le louer sans restrictions, et nous croyons devoir mêler quelque blâme aux éloges dont nous l'avons jugé digne.

D'abord, l'ordonnance générale de ce discours laisse, à notre avis, beaucoup à désirer ; elle accuse un défaut complet de méthode. N'obéissant qu'au caprice de son imagination, Rivarol ne suit, à vrai dire, aucun plan. Il répond à toutes les questions de l'académie de Berlin, mais sans ordre, sans divisions. Il semble ne pas s'être préoccupé le moins du monde des règles de la composition, de ces règles salutaires que l'on ne dédaigne jamais impunément, parce qu'elles sont puisées dans le code même de la raison.

Ainsi, pour ne citer qu'un exemple, après avoir exposé les motifs qui, selon lui, devaient écarter l'allemand, l'espagnol et l'italien de

5

l'universalité obtenue par la langue française, il
interrompt brusquement l'examen qu'il s'était
proposé de faire, à ce point de vue, des diverses
langues de l'Europe, et il se lance dans une dissertation sur la métaphysique du langage, qui
eût été plus convenablement placée au commencement du discours, comme pour servir de base
à l'édifice et pour en éclairer toutes les parties.
Puis il reprend son examen, et il fait pour l'anglais, auquel il est arrivé par un si long détour,
ce qu'il avait fait pour l'allemand, l'espagnol et
l'italien. La lumière qui pouvait résulter de cette
dissertation sur la métaphysique du langage,
était-elle moins nécessaire à l'appréciation qui
la précède qu'à celle qui la suit? Les lois de
cette métaphysique ne sont-elles pas communes
à toutes les langues? ne les régissent-elles pas
toutes également ?

Ce qui nuit encore à l'harmonie de l'ensemble, c'est que le plus souvent il n'y a pas de

liaison entre les idées. Rivarol ne s'est point inquiété de les enchaîner l'une à l'autre. On dirait qu'il les a jetées là en courant et comme au hasard, à mesure qu'elles se présentaient, qu'elles se pressaient sous sa plume. Si on les considère isolément, l'esprit est satisfait, parce qu'elles sont généralement vraies et bien rendues; mais, n'apercevant pas le lien qui devrait les unir, il se lasse bientôt de voltiger d'objet en objet sans être aidé par le fil conducteur des transitions. Comme Rivarol le dit lui-même en critiquant certains livres anglais, « le lecteur supporte la » peine que l'auteur ne s'est pas donnée. » Tout cela dénote une négligence et une précipitation qu'il faut attribuer aux habitudes contractées par l'improvisateur. On retrouve le causeur jusque chez l'écrivain. L'art de parler sert beaucoup à l'art d'écrire, comme l'a fort bien dit M. Cousin; mais il faut pour cela qu'on ait le sentiment des différences essentielles qui les séparent, et qu'on n'oublie pas que « l'œil est bien moins indulgent

que l'oreille. » Or, Rivarol ne paraît pas se douter de ces différences ; il apporte, dans ses écrits
les plus graves, non-seulement ce que peut avoir
d'heureux à certains égards l'abandon de la parole, mais encore tout le laisser-aller, tranchons
le mot, tout le décousu de la conversation ; un
pareil travers tient au fond même de sa nature.
On regrette de rencontrer, au milieu de véritables beautés, un désordre qui n'est pas certes
un effet de l'art ; ce désordre montre une fois de
plus que le don d'une conception prompte ne permet guère de se passer de ces sages conseils de
la réflexion qui règlent l'inspiration sans la gêner
et sans rien lui enlever de sa fraîcheur ni de sa
fécondité.

Il y a quelquefois aussi de la recherche et de
l'affectation dans le style. Rivarol pousse trop
loin l'amour de l'antithèse. Ses comparaisons et
ses figures ne sont pas toujours à l'abri de tout
reproche. On voudrait pouvoir effacer des phra-

ses comme celles-ci, qui seraient sans contredit mieux placées dans un madrigal : « *Semblables* » *aux Grecs, nous avons eu de tout temps dans le* » *temple de la Gloire un autel pour les Grâces.* » — *Louis XIV fut l'Apollon du Parnasse fran-* » *çais.* » Ces vieux oripeaux mythologiques, empruntés à la friperie de l'Almanach des Muses, jurent singulièrement avec le ton général du discours.

Enfin, nous aurions voulu qu'il s'étendît plus longuement sur l'influence exercée, sous le rapport littéraire, par les grands hommes du xviie siècle, cet âge d'or du génie. C'était, selon nous, comme le point culminant du sujet qu'il avait à traiter ; car, si la langue française a eu les honneurs de l'universalité, elle en est redevable par-dessus tout aux chefs-d'œuvre de cette époque à jamais mémorable, qui lui ont imprimé en tout genre je ne sais quoi d'achevé. Il le constate ; il le proclame bien haut ; mais cette

partie de son discours est trop écourtée ; un si
beau thème demandait plus de développement.
Ce n'était pas assez de citer quelques noms
parmi les plus célèbres , il fallait, ce nous semble , indiquer la part que chacun de ces grands
ouvriers de la pensée a prise à l'élaboration de
l'instrument le plus parfait dont un peuple ait
jamais été doté pour parler à l'univers. Il fallait
nous montrer parmi les poètes, Corneille lui
donnant l'accent d'une mâle fierté et de l'héroïsme porté jusqu'au sublime ; Racine , l'accent
de la plus belle des poésies, d'une poésie aussi
grande que celle d'Homère, aussi pure que celle
de Virgile , aussi harmonieuse que celle du
Tasse , d'une poésie formée de l'heureux mélange des plus riches couleurs des anciens maîtres ; Boileau , l'accent de la raison parée des
charmes de l'esprit et du vers ; Molière et La Fontaine , l'accent de la verve gauloise , avec l'originalité et le naturel ; parmi les prosateurs, Pascal , l'accent de l'énergie et de la profondeur avec

la concision et la rigueur des termes ; Bossuet,
l'accent de l'autorité, de la grandeur , de l'élévation avec quelque chose de la magnificence et du
lyrisme de la langue des prophètes ; Fénelon ,
l'accent de la douceur et de l'onction évangéliques,
des plus tendres épanchements de la piété et du
mysticisme, et, en même temps, celui « du plus
» mélodieux des échos de l'antiquité (¹¹) »; Bour-
daloue , l'accent de la gravité théologique et de
l'austérité religieuse ; Massillon, l'accent de l'éloquence de la chaire mariée à l'élégance la plus
exquise et la plus variée ; La Bruyère , l'accent
de la satire fine et enjouée ; Saint-Simon, l'accent
de la satire violente et passionnée , et une femme
incomparable , Mme de Sévigné, avec le style épis-
tolaire , l'accent de la familiarité , plus encore,
l'accent du cœur d'une mère. Qui eût pu , mieux
que Rivarol, peindre celle qui , dans ses lettres inimitables , a créé en quelque sorte la plus
aimable des langues , la langue de la conversation ?

Par l'évocation de tous ces noms illustres, Rivarol eût ajouté sans contredit à l'éclat et à la majesté du monument qu'il élevait à la langue universelle, à cette langue admirable qui a reçu du ciel, avec le sceptre de la littérature, une haute mission sociale et qui, nous en avons la ferme conviction, conservera perpétuellement son empire, parce que, à la solidité du bon sens, elle unit la délicatesse du bon goût, et que « si l'imagination vieillit et s'épuise, le bon sens » et le bon goût ne vieillissent jamais et se per- » fectionnent avec les siècles (12) ».

Quoi qu'il en soit, on ne saurait contester que ce discours ne se distingue par des qualités remarquables, et qu'il ne porte l'empreinte des plus rares facultés; on y reconnaît la touche d'un homme de talent, à qui il ne manque, pour devenir un écrivain de premier ordre, que de demander davantage à la méditation et au travail.

Encouragé par son succès, Rivarol mit la dernière main à une traduction de l'*Enfer* du Dante, qu'il avait commencée depuis plusieurs années, et il la publia en 1785. Comme il aimait à faire montre de son blason d'origine italienne, il disait que c'était pour lui un bon moyen de faire sa cour aux Rivarol d'Italie, et une façon de payer sa dette à la patrie de ses pères. Chamfort lui fait dire plaisamment qu'il avait traduit l'*Enfer* du Dante, parce qu'il y retrouvait ses ancêtres.

Ce qui est plus sérieux, c'est qu'il aspirait à l'honneur d'enrichir la langue française de tours nouveaux, de locutions saisissantes ; c'est qu'il désirait arriver à cette originalité d'expression que le jet seul de l'inspiration ne donne qu'à quelques esprits privilégiés ; et il croyait atteindre plus sûrement ce but, en se prenant corps à corps avec un tel maître, en luttant contre les hardiesses de ce poète sublime et bizarre dont les beautés et les défauts lui offraient un exercice

5*

également utile, qui l'obligeait à se plier et re-
plier en tous sens.

Il comparait cet exercice aux études que ferait
un jeune peintre sur les cartons de Michel-Ange,
ce Dante de la peinture. Dans une préface, qui
est un excellent morceau de critique et une de
ses meilleures pages, il formule à peu près ainsi
sa pensée : « Un idiome étranger, proposant
» toujours des tours de force à un habile traduc-
» teur, le *tâte*, pour ainsi dire, par tous les
» côtés ; bientôt il sait tout ce que peut sa lan-
» gue ; il épuise ses ressources ; mais il augmente
» ses forces, surtout s'il s'attaque à un style
» comme celui du Dante, affamé de poésie, qui
» est riche et point délicat, et qui, en cinq ou
» six tirades, lui dessèche ses palettes ; à ce
» vers, qui reste debout par la seule puissance
» du verbe et du substantif sans le secours d'une
» seule épithète ; à ces comparaisons de toute
» espèce dont la plupart sont faites pour effa-

» roucher une langue chaste et timorée ; à ces
» tableaux d'un coloris sombre et effrayant, qui
» ont la vigueur de l'antique et la fraîcheur du
» moderne ; à ces images du monde visible, des-
» tinées à peindre un monde idéal ; à ces allusions
» obscures aux hommes et aux événements d'un
» temps si loin de nous ; à ce dialogue souvent
» plein de nerf et de naturel ; à ces personnages
» si fièrement dessinés. »

On voit qu'il apprécie dignement l'austère
génie du Dante., et que c'est en connaissance de
cause qu'il choisit un si terrible joûteur pour
cette lutte littéraire ; mais sa traduction est loin
de répondre à cette saine appréciation ; elle ne
rend pas le vrai Dante. C'est une paraphrase
élégante et fleurie, à laquelle l'auteur a imprimé
le cachet de son propre talent ; mais , ce qu'il y
a de rude et de naïf dans la poésie du barde
toscan y disparaît complètement sous le fard
dont il la couvre en croyant la parer. Rien ne

rappelle cette langue « qui tient plus du Titan
» que de l'homme, a dit Lamartine, et où un
» mot est un bloc taillé en statue, d'un seul geste,
» par ce sculpteur de paroles. » On y cherche
vainement quelques traits de ce génie abrupte,
étrange, grandiose, démesuré; on y trouve à
peine un écho de cette voix puissante qui retentit
au fond des enfers pour interroger les damnés;
on sent enfin que l'âme du Dante est absente
dans cette faible reproduction d'un drame écrit
avec les larmes, la colère, la haine du proscrit
florentin, d'un drame rempli de tortures et de
gémissements sous l'inspiration de la vengeance.
Très-soignée, mais fort peu ressemblante, la
copie est à l'original ce que les raffinements et la
coquetterie d'un style apprêté sont à l'expressive
rudesse du langage le plus énergique qu'ait jamais enfanté l'esprit humain; les broderies dont
Rivarol a travaillé à l'embellir, peuvent être com-
parées à « des dentelles sur le corps d'Hercule »,
pour employer les termes d'un grand écrivain.

Voltaire, qui n'était pas admirateur du Dante,
et qui passait pour n'avoir jamais lu en entier la
Divine Comédie, avait défié Rivarol de traduire
ce monstre d'obscurité (comme il l'appelait) en
style soutenu ([13]). Il semble que Rivarol ait relevé
le gant, et qu'il ne tende qu'à répondre victorieu-
sement à ce défi. Il fait effort pour se maintenir
toujours au même diapason, au diapason d'une
élégance froide et uniforme, malgré les variétés
de ton qu'il rencontre dans son modèle.

Pour expliquer comment, ayant si bien saisi
ce qui caractérise le sombre et vigoureux poète,
il ne l'a pas mieux interprété, on a prétendu
que s'il eût voulu le reproduire fidèlement, le
siècle n'eût pas supporté un moment une œuvre
si éloignée de l'esprit qui dominait alors. On
est tenté de le croire, à voir l'accueil qui fut
fait à cette traduction ; elle ne fut guère moins
applaudie que le *Discours sur l'universalité de la
langue française*. Buffon écrivit à Rivarol que *ce*

n'était pas une traduction, mais une création perpétuelle. Pour l'honneur de Buffon, il serait à désirer qu'un tel éloge n'eût été en réalité qu'une critique déguisée. Quand on veut *créer* en traduisant, on ne s'attaque pas aux plus grands génies de l'humanité ; un respect religieux est le premier sentiment que leurs chefs-d'œuvre doivent inspirer. Sans doute ce respect ne saurait aller jusqu'à rendre le mot par le mot, la phrase par la phrase, comme l'a essayé récemment avec peu de succès le plus éminent des prosateurs de notre siècle, M. de Lamennais, qui avait quelque chose de l'âpreté du Dante. Traduire, c'est transporter d'un idiome dans un autre, non le simple vêtement de la pensée, mais la pensée elle-même avec la couleur, l'image, l'harmonie, avec les nuances les plus délicates, mais la physionomie, l'âme, le cœur du poète ; et la même combinaison de mots n'ayant pas la même signification dans deux langues différentes, pour vaincre les difficultés d'une pareille tâche, il ne faut rien moins qu'une complète liberté de mouvements au milieu de toutes les ressources qu'une langue peut offrir. S'asservir aux entraves du mot à mot, c'est se condamner à l'impuissance ; mais l'excès contraire est une sorte de profanation, et c'est dans cet excès que Rivarol est tombé.

Au moment où écrivait Rivarol, Dante était très-peu et très-mal connu en France. Boileau, qui ne le nomme même pas dans l'*Art poétique*, n'avait pas contribué à le populariser en réprouvant le merveilleux chrétien dans la poésie (14) avec la rigidité de sa foi janséniste, et nous avons vu comment le traitait Voltaire, qui ne goûta jamais les beautés de cette magnifique épopée, où sont résumées toutes les conceptions d'une des époques les plus intéressantes de l'histoire, et où tout est mêlé, la fable et la théologie, les passions de la guerre civile et les doctrines de la scolastique, les souvenirs du paganisme et les charmantes naïvetés de la légende. Le Dante était représenté comme le mystique interprète de la philosophie catholique du moyen-âge ; il n'en fallait pas davantage pour que le xviiie siècle dédaignât, en haine des principes religieux du moyen-âge, ce que le xviie avait dédaigné par un amour exagéré des formes de l'antiquité.

De plus, c'était le règne de la poésie la plus fade et la plus efféminée. On comprend que, dans un tel milieu, Rivarol ait eu la faiblesse de métamorphoser le Dante pour le faire accepter, de *créer* un Dante fait à l'image et approprié au tempérament de la société de son temps ; mais ce n'est là qu'une circonstance atténuante qui ne saurait le justifier entièrement. L'homme de talent devrait, plus que tout autre, professer un véritable culte pour l'homme de génie, et regarder comme un crime de lèse-majesté de chercher à le rapetisser à sa taille. Aujourd'hui, la grande figure du Dante nous apparaît enfin sous son

vrai jour, et il nous est donné de saluer, pour
ainsi dire, la renaissance du poème divin,
grâce à d'admirables travaux, à ceux surtout de
Frédéric Ozanam, dont le nom est à jamais lié
au nom immortel de son poète favori ([15]) ; aussi
la traduction ou plutôt, nous le répétons, la
paraphrase de Rivarol, a-t-elle été complètement abandonnée. Elle ne méritait pas un meilleur sórt. Qu'elle dorme en paix dans les limbes
de l'oubli parmi les produits éphémères des
avortements de la pensée.

Pendant les deux années qui suivirent la
publication de *l'Enfer*, Rivarol se reposa sur des
lauriers qu'il avait si facilement cueillis ; repre-
nant, avec ses habitudes de paresse, ses mœurs
de sybarite et de grand seigneur ; ne sortant de
cette paresse, à de longs intervalles, que pour
écrire dans le *Mercure Français* quelques articles, dont le plus remarqué fut un *Essai sur
l'amitié ;* se laissant encore détourner de la gloire

sérieuse par les distractions d'un monde où il
était de plus en plus recherché ; continuant à
semer partout les bons mots et les épigrammes ;
lançant à droite et à gauche ses traits les plus
acérés ; mettant sans cesse les rieurs de son côté,
mais s'attirant ainsi des inimitiés violentes qui
ne lui épargnaient pas les représailles. Il se préparait, par cette guerre d'escarmouches, dans
laquelle il était toujours vainqueur, à l'exécution
d'un projet que lui avaient suggéré son humeur
railleuse et le désir de contribuer à réprimer un
abus réel.

Un vrai démon, le démon du *bel esprit*, avait en
quelque sorte envahi tous les degrés de l'échelle
sociale ([16]), et bouleversait toutes les têtes qu'il
touchait de sa baguette magique. Quiconque était
par là soumis à son empire, croyait, comme
dans l'illusion d'un songe, avoir senti du ciel l'influence secrète, prétendait à l'honneur d'inscrire
son nom *au Temple de Mémoire*, selon le langage

à la mode, et poursuivait sans relâche, contre
vents et marée, la réalisation de son rêve.

Sous l'impulsion de ce mauvais génie, une
nuée de petits écrivains, insectes de la littérature
qui fatiguaient le public de leurs bourdonnements
incessants, s'étaient abattus sur la capitale. Il
fallait voir avec quelle ardeur ils s'y disputaient
les faveurs de la renommée! Vainement, insen-
sible à tant d'hommages, elle s'obstinait à leur
refuser jusqu'au moindre sourire; ses rigueurs
ne pouvaient les lasser; rien n'est opiniâtre, on
le sait, comme les passions malheureuses.

Par cette invasion d'une nouvelle espèce,
Paris était affligé d'une plaie que l'Egypte n'avait
pas connue; de l'avis de tous les gens de goût,
de tous ces *délicats* dont parle Sainte-Beuve et
que Rivarol a si finement dépeints en se dépeignant lui-même, un tel fléau eût cruellement
aggravé son châtiment !

Les petits vers surtout pullulaient sous toutes
les formes, depuis l'énigme jusqu'à l'acrostiche,
depuis la charade jusqu'au madrigal, depuis le
distique jusqu'au quatrain, depuis la ballade
jusqu'à la chanson. D'innombrables successeurs
des Vadius et des Trissotins, rimant en dépit de
Minerve, répandaient à pleines mains ce qu'ils
appelaient pompeusement *les trésors du Par-*
nasse. Dans cette atmosphère poétique, le mois
de janvier était le mois des fleurs. On les voyait
éclore par milliers au renouvellement de l'année
dans *les Almanachs des Muses et des Grâces,*
les *Étrennes d'Apollon, de Polymnie, de Mné-*
mosyne, etc. Les mignardises et les miévreries
galantes, qui faisaient pâmer d'aise les Cathos
et les Philamintes de l'époque, formaient le plus
bel ornement du bouquet offert tous les ans, par
ces aimables divinités de l'Olympe, à la nation
la plus spirituelle de l'univers ([17]). On eût dit
qu'elles s'étaient plu à le cueillir dans ce charmant pays du *Tendre,* si cher aux héros de

Mlle de Scudéry ([18]). Le règne si fameux des *Précieuses* immortalisées par Molière, semblait même être dépassé.

Chaque jour donnait naissance à quelque nouveau recueil soi-disant littéraire, où des auteurs inconnus étalaient avec complaisance leur stérile fécondité, se critiquaient quelquefois à outrance les uns les autres, mais se louaient le plus souvent avec une touchante réciprocité. Ce singulier temps a été très-bien nommé par un illustre anglais : *l'âge du papier*. Montaigne eût dit : *l'âge de l'écrivaillerie*. Il n'y eut jamais, en effet, tant de brochures, tant de pamphlets, tant d'opuscules de tout genre, jamais aussi tant de pauvreté au milieu de tant d'abondance.

A Paris, on appréciait en général à leur juste valeur toutes ces fadeurs en prose et en vers, plus ou moins infectées de l'afféterie de Dorat ; mais la province avait besoin d'être mise en garde contre la prétendue célébrité de ces génies imperceptibles, qui avaient pour eux le prestige de l'éloignement.

Rivarol eut l'idée de remédier au mal en publiant son *Petit Almanach des Grands Hommes*, où toutes ces constellations, presque invisibles à l'œil nu, étaient rangées par ordre alphabétique, et accompagnées d'une notice ironique.

Ce *Petit Almanach des Grands Hommes*, qui n'était, en réalité, que le grand almanach des petits hommes, parut en 1787 avec cette double épigraphe : *Dis ignotis. — Quelle est cette foule d'esprits, que la gloire distingue des autres enfants de la terre* [18] ? L'épitre dédicatoire [19] et la préface qui le précèdent, sont étincelantes de verve et de malice :

Du temple de Momus, c'est le digne portique !

Rivarol ne pouvait pas mieux introduire ses lecteurs dans ce léger et riant édifice. Il raconte

qu'un jour, le hasard l'a mis à même d'entendre
la conversation de trois ou quatre discoureurs
qui, las de parler des illustrations du siècle de
Louis xiv et du siècle présent, de tenir la balance
entre Corneille et Racine, entre Rousseau et
Montesquieu, étaient descendus tout-à-coup de
ces hauteurs., et, pénétrant dans les derniers
recoins de la république des lettres, en avaient
extrait tant de noms ignorés, et des noms pour
la plupart si ronflants ou si grotesques, qu'on eût
pu croire qu'ils les inventaient comme à plaisir,
s'ils n'avaient prouvé, pièces en main, que
MM. Groubert de Groubental, Fenouillot de
Falbaire du Quingei, Thomas Minau de la Mis-
tringue, et bien d'autres non moins magnifi-
quement dotés sous le rapport patronymique,
n'étaient pas des êtres de raison. Frappé de cette
riche nomenclature d'écrivains obscurs, il a
voulu l'arracher à l'oubli, pour venger l'espèce
humaine de l'injure que lui font les historiens
en ne citant que cinq ou six grands hommes par

siècle , et pour justifier du même coup la nature,
à laquelle ils donnent ainsi je ne sais quel air
d'avarice ou d'indigence.

L'ouvrage lui-même répond assez bien à ce
piquant début. Rivarol y manie avec son adresse
et sa grâce habituelles l'arme du ridicule. C'est
un persiflage ingénieux qui rappelle souvent la
manière de Voltaire ; mais il a le défaut d'être
monotone à cause du retour perpétuel des mêmes
tournures. Ce n'est pas sans quelque apparence
de fondement qu'on a reproché à Rivarol d'avoir
rempli deux ou trois cents pages avec une seule
plaisanterie. On a pu dire avec raison de leur
aspect général , dans une satire du temps :

Et tristement semblable aux fades camaïeux ,
Dont la couleur unique importune les yeux.

Rivarol repousse spirituellement ce reproche.
Il fait observer , qu'ayant perpétuellement affaire
à des auteurs tels que MM. *Braquet* et *Briquet*,

armés l'un et l'autre d'un couplet, MM. *Auzonet*
et *Dudoucet*, tous deux chargés d'acrostiches,
MM. *Araignon* et *Bourignon*, pareillement féconds en bouts-rimés, MM. *Hulet* et *Huillier*,
unis par le même quatrain et par la même gloire,
il a dû se trouver embarrassé pour diversifier
la louange envers ces Ménechmes de la poésie
sans cesser d'être exact, vu la parfaite égalité
de leur mérite. Il soutient que les portraits sont
encore plus variés que les figures, et que le travail a surpassé la matière. *Materiam superavit
opus*. Il reconnaît lui-même que plusieurs de ses
petites notices ne se distinguent que par la plus
complète insignifiance ; mais il ajoute que *ce sont
là les plus ressemblantes*.

Du reste, certains articles de ce curieux cata-
logue sont de vrais modèles du genre. On en ju-
gera par quelques citations.

M. Grouvelle. « Un des plus profonds méta-

4

» physiciens *en vers* qui existent au xviiie siècle.
» Il a fait une ode en l'honneur du prince
» Léopold de Brunswick, une ode que nous
» méditons encore. Son caractère n'est pas moins
» remarquable que son talent. Le jour où on
» donna pour la dernière fois la première repré-
» sentation de sa pièce, *l'Épreuve délicate*,
» M. Grouvelle montra une gaîté qui charma ses
» amis, et dit des bons mots que ses ennemis
» retinrent. »

M. Maistral. « Ses couplets nous ont fait vive-
» ment désirer d'avoir quelque drame de cet
» écrivain. »

M. Morandet. « Ses épigrammes font honneur
» à son cœur par leur extrême douceur. »

M. Sanité. « Ce poète a du malheur : l'ar-
» gent, les prières, les menaces même, rien n'a
» pu engager les journalistes de province à nous

» décéler M. Sanité. Ils ont répondu qu'ils n'é-
» taient pas délateurs. Quelles tournures prend
» l'envie ! »

M. Waroquin de Saint-Florent. « Ses chan-
» sonnettes pastorales sont si douces qu'elles
» commencent à passer dans les ordonnances
» des médecins instruits, et sont un des plus
» puissants calmants qu'on connaisse. »

M. de La Viéville. « Il a composé un millier
» de fables qui n'ont encore charmé ou corrigé
» que quelques maisons particulières, où il les
» lit assidûment. Ce poète, à qui l'on reproche
» quelquefois sa gloire privée et qu'on voudrait
» rendre à la nation, rejette la faute sur les
» libraires de Paris, qui persistent, de concert,
» et depuis dix ans, à ne pas imprimer son re-
» cueil. Voici le mot de cette conjuration ! Ce
» n'est pas que les libraires dédaignent M. de
» La Viéville ; ils ne sont que trop sûrs de le ven-

» dre ; mais ils tremblent pour La Fontaine,
» qui resterait dans leur boutique. Que M. de La
» Viéville cautionne La Fontaine, ou en épuise
» toutes les éditions, et nous lui répondons d'une
» prompte impression ([24]), »

Quelle fine et mordante ironie ! Voltaire assurément n'eût pas mieux dit dans ses meilleurs
jours. Ici, l'on sourit et l'on admire d'autant
plus volontiers que la satire est aussi juste que
spirituelle, tandis qu'on éprouve un sentiment
pénible en voyant figurer dans une pareille gale-
rie, à côté des Raté, des Palmezeaux, des La
Pinardière, des noms comme ceux de Delille,
d'Andrieux, de Marie Chénier, à qui un tel
affront eût dû être épargné. Rivarol avait sans
doute quelque remords d'avoir poussé si loin
l'injustice et l'outrage envers des hommes recom-
mandables à plus d'un titre, quand plus tard il
appelait lui-même son petit almanach les *Saturnales de la Littérature.*

Cette boutade d'un esprit sarcastique, qui
rajeunissait, pour ainsi dire, et qui ravivait le
plaisir de l'épigramme pour une société toujours
avide de cette espèce de jouissances, fut accueil-
lie par un rire universel ; mais elle souleva bien
des colères et bien des haines. Rivarol eut bientôt à se défendre contre leur déchaînement. Ce
fut alors que sa naissance fut l'objet des plus
malignes investigations. Lebrun (²²) lui décocha
les traits les plus amers. Chénier l'attaqua plus
vivement encore dans une satire virulente, dont
chaque vers distillait le fiel. (*Genus irritabile
vatum !*) Cette satire est un triste échantillon des
aménités échangées par tous ces beaux esprits
qui se déchiraient avec tant d'acharnement, et à
qui s'appliquaient si bien ces paroles de David :
« Les dents des fils de l'homme sont des dards
» et des flèches ; leur langue a le tranchant du
» fer. » Il se forma, sous la direction de Chénier
et de Lebrun, une coalition de gens de lettres
qui poursuivirent le pamphlétaire de leurs sar-

casmes, de leurs libelles, de leurs chansons,
retournant contre lui ses armes favorites ([23]).

Rivarol tint tète à l'orage. Ces flots d'invec-
tives ne faisaient qu'exciter sa verve, et de nouvelles promotions de grands hommes venaient
grossir le volume à chaque édition, aux grands
applaudissements du public. Rivarol n'avait pas
d'égal dans ces sortes de luttes, et, parmi ses
adversaires, plus d'un eut à se repentir d'avoir
essayé de se mesurer avec ce rude athlète ; car,
pour une piqûre qu'il recevait, il ripostait sur-
le-champ par une blessure mortelle.

Nous aimons peu, nous l'avouons, le genre
satirique, parce qu'il a sa source dans le côté le
moins noble du cœur humain, parce qu'il est
rarement « épuré, comme dit Boileau ([24]), aux
rayons » de la justice, de l'impartialité, de la
modération. Nous sommes loin de l'assimiler à
la saine critique, gardienne vigilante des règles

du bon goût, qui sait allier à la sévérité inséparable d'une si haute mission une douce bienveillance pour les personnes, qui corrige sans
faiblesse, mais aussi sans amertume, et nous lui
assignons une place très-inférieure dans la hiérarchie littéraire.

Aussi aurions-nous passé plus rapidement sur
le *Petit Almanach des Grands Hommes*, si nous
nous étions bornés à considérer en lui-même, et
indépendamment des circonstances qui le firent
naître, un ouvrage dont le tissu est si léger.

Mais, en présence d'un tel débordement de
productions ridicules et de vanités plus ridicules
encore, on ne saurait blâmer Rivarol d'avoir
tenté d'opposer au torrent la seule digue qui fût
capable de l'arrêter; il est des situations qui
réclament des remèdes héroïques. Nous aurions,
quant à nous, loué Rivarol sans réserve, si sa
causticité n'eût atteint que les auteurs infimes de

ces nombreuses rapsodies capables d'étouffer le bon grain sous l'ivraie, et s'il ne l'eût pas mise trop souvent au service de ses rancunes personnelles pour bafouer le mérite.

Nous l'aurions loué encore davantage, s'il n'eût lui-même ajouté à cette inondation de petits vers quintessenciés ou incolores, dont il se moquait si agréablement en excellente prose, ceux qu'il avait eu le malheur de *commettre*, sous l'influence du travers qu'il combattait.

Nous avons dit plus haut que, comme critique, il avait le sentiment de la véritable poésie ; mais ce sentiment ne se révèle pas dans ses œuvres poétiques, s'il est permis de nommer ainsi le bagage le plus léger qu'il y ait au monde. Une épitre au roi de Prusse, qui renferme quelques vers assez bien tournés ; un dialogue entre *le Chou* et *le Navet*, que nous avons eu occasion de signaler ; des bouts-rimés qu'auraient pu reven-

diquer ces *Étrennes Lyriques* qu'il a tant persif-
flées ; des madrigaux qui, à peu d'exceptions
près, n'auraient pas trop déparé l'album de la
belle Philis ou de la *princesse Uranie*, chan-
tées dans des sonnets si connus ; des épigrammes (²⁵) plus chargées de fiel que ses épigrammes
en prose, sans en avoir la finesse ; puis, deux
profanations, la parodie du songe d'Athalie, et
celle du récit de Théramène, c'est-à-dire la divine poésie de Racine travestie en méchante satire, rabaissée jusqu'à la bouffonnerie, traitée,
en un mot, comme l'avait été déjà la poésie non
moins divine de Virgile, voilà quelles sont toutes
les richesses de ce rival malencontreux du burlesque Scarron. Si le prosateur n'eût pas été
mieux inspiré que le poète, Rivarol aurait sans
contredit autant de droits que la plupart des héros de son *Petit Almanach*, au genre d'immortalité qu'il a voulu leur donner.

Peu de temps après la publication du *Petit*

4*

Almanach des Grands Hommes, Rivarol, qui aimait beaucoup les contrastes, fit paraître deux lettres sur la religion et sur la morale, en réponse à l'ouvrage de Necker, intitulé : *De l'importance des opinions religieuses.*

Le siècle était alors en proie à une profonde incrédulité. Sous le hautain prétexte d'émanciper l'intelligence humaine et de réformer l'univers, les philosophes de l'école encyclopédique et voltairienne avaient sapé les fondements des croyances les plus saintes et les plus salutaires. Pleins de confiance dans leurs plans de régénération sociale, rompant violemment avec toutes les traditions du passé, ces adorateurs de la raison à laquelle un jour leurs disciples dresseront réellement des autels, n'aspiraient à rien moins qu'à créer un monde nouveau, et ils s'étaient ligués pour détruire tout ce qui s'opposait à l'accomplissement de leurs desseins. « L'hostilité qui les » animait, au nom d'une liberté mal comprise,

» contre tous les pouvoirs, ils l'étendaient dans
» leur délire jusqu'à Dieu même. Beaucoup d'en-
» tre eux, se croyaient plus grands, plus forts,
» plus vraiment libres en s'affranchissant du joug
» de la divinité, comme si la raison et la liberté
» de l'homme n'étaient pas une émanation directe
» de la raison et de la liberté divines ; comme si
» les droits de l'homme n'étaient pas diminués et
» affaiblis en perdant leur origine céleste, leur
» caractère immuable et divin ([26]). »

D'abord restreinte dans le cercle de quelques
écrivains qui cherchaient à se montrer supérieurs au vulgaire, sans songer à l'entraîner,
ayant ensuite hautement arboré son drapeau et
combattu avec fureur pour le triomphe de ses
doctrines, la philosophie anti-religieuse avait fini
par courber sous son joug la société toute entière. Elle avait trouvé de puissants auxiliaires
dans la corruption des mœurs que les turpi-
tudes du régent et de son royal élève avaient

tant contribué à propager; dans la protection
des grands qui favorisaient eux-mêmes l'œuvre
de démolition ; dans la conduite du clergé dont
tant de membres indignes ne donnaient que trop
souvent le triste spectacle d'une vie de frivolité
et de dissipation, foulant aux pieds tous les
devoirs de leur auguste ministère ; faute à jamais
déplorable qu'ils rachèteront bientôt, au sein du
malheur, en illustrant, par leur résignation,
par leur courage, par leur sainteté, et le sacerdoce et le nom français.

Le souffle de l'indifférence avait glacé tous les
cœurs. On affectait partout un souverain mépris
pour les dogmes et pour les préceptes de la foi
chrétienne. Les hommes sensés, que l'esprit de
système n'aveuglait pas, n'envisageaient déjà
qu'en tremblant l'avenir d'un pays où l'impiété
faisait chaque jour de nouveaux progrès, et ten-
dait à rompre, avec les liens qui unissent l'homme
à Dieu, ceux qui unissent les hommes entre eux.

Une société qui sourit de pitié au seul nom de
Dieu, est bien près de sa dissolution ! car ellè
est nécessairement amenée à ne reconnaître
d'autre autorité, d'autre droit, d'autre loi que
la force dirigée par l'intérèt personnel ou par les
passions, et rien ne saurait résister à de pareils
dissolvants.

Necker, que les plus hautes fonctions du gouvernement avaient mis à même de mesurer d'un
coup d'œil toute l'étendue des dangers d'une
situation presque sans exemple dans l'histoire,
et qui, du fond de sa retraite, voyait le flot,
montant toujours, menacer de tout envahir,
voulut essayer de lutter contre ces déplorables
tendances, en démontrant l'utilité temporelle de
la religion. Son livre est écrit sous l'inspiration
de l'homme d'État plus encore que sous celle du
philosophe chrétien. C'est principalement au
point de vue du maintien de l'ordre social qu'il
insiste sur la nécessité de donner à la morale un

point d'appui surnaturel, et de rendre à Dieu un culte public ; mais il manque de netteté et de précision. Il y a beaucoup trop de vague dans ses idées, et quoique il se montre vivement pénétré de la sublimité de la morale évangélique, il ne semble pas s'élever, dans ses convictions indécises, jusqu'aux grands mystères du christianisme, ni dépasser le niveau d'une sorte de religiosité qui tient le milieu entre le déisme pur et la religion révélée avec tous ses dogmes et dans toute l'harmonie de son merveilleux ensemble. L'œuvre est bien telle que son titre l'annonce au lecteur attentif ; c'est réellement l'importance des *opinions* et non des *croyances* religieuses qui est le thème de l'écrivain.

Ce fut pour Rivarol l'occasion de commencer contre Necker une guerre qui ne devait pas s'arrêter là, et qu'il continuera plus tard contre son illustre fille, Mme de Staël, dont il méconnut le talent énergique et gracieux tout à la fois.

Rivarol était plongé profondément dans l'esprit du siècle ; ses lettres sur la religion et la morale n'auraient pas été désavouées par Condorcet.

Il reproche à Necker, en le raillant, de s'être posé en médiateur, entre la philosophie et le sacerdoce ; d'avoir passé « du ministère des finances au ministère de la parole », pour faire un livre qui devait déplaire en même temps aux prêtres et aux philosophes, et qui pouvait être condamné le même jour à Genève, à Rome et à Constantinople, un livre au moins inutile : « car » il ne s'adresse, dit-il, ni aux gouvernements, » qui sont tous portés, par leur intérêt, à se » servir de la religion comme d'un moyen de » domination, ni aux masses qui ne lisent pas » les ouvrages philosophiques, ni aux gens ins- » truits qui n'y trouveront, sans le moindre argu- » ment nouveau, que des thèses cent fois rebat- » tues par la foule des rhéteurs ». Il le harcèle ensuite sur ce qu'il appelle son *déisme théologien*.

—Accuser la philosophie de ne pouvoir donner à la morale une base solide, c'est, selon lui, insulter à la raison de l'homme. — La morale n'a pas besoin du secours de la religion ; les lumières naturelles, le sentiment intime de la conscience lui suffisent, et la morale par excellence est celle du véritable Epicure de l'antiquité, l'homme qui a le plus approché de la perfection, d'Epicure, qui place la vertu dans la volupté, afin de la rendre plus aimable, afin que nous fassions le bien pour le plaisir même de le faire, que nous soyons en quelque sorte les sybarites de la vertu. — La religion n'est autre chose que la superstition s'appuyant sur la morale, unie à la morale par la politique, et la plus savamment composée est celle où, de ces deux éléments, c'est le premier qui domine. Toute religion n'est qu'un code d'erreurs rédigé pour satisfaire la crédulité qui est au fond de notre nature. — La religion a tout à craindre des progrès de la civilisation ; la morale, au contraire, a tout à espé-

rer. — Une grande différence entre la religion
et la morale, c'est que l'une, basée sur l'humi-
lité, abat l'homme, et que l'autre, basée sur
l'estime de soi-même, l'élève. — La religion ne
connaît d'autre mobile que l'égoïsme, puisque,
sous son impulsion, l'homme n'agit qu'en vue
d'éviter un châtiment ou d'obtenir un prix ; la
morale inspire les actions les plus nobles, en les
rehaussant par le désintéressement le plus pur.
— C'est l'humanité, sentiment puisé dans la morale, qui a fondé les hôpitaux ; la religion n'a
fait qu'y ajouter une chapelle et des prêtres.....
c'est-à-dire uniquement un surcroît de dépen-
se (27). — Le christianisme tout entier ne peut
soutenir la comparaison des cinq premiers siècles de la république romaine et de Lacédémone.
Que le catéchisme de morale proposé par l'Académie soit le seul que l'on mette entre les mains
de l'enfance, que le gouvernement ouvre des
écoles publiques où les enfants reçoivent l'éducation des Spartiates, et la nation aura bientôt

des hommes que la religion n'a jamais pu produire.

Tel est, succintement analysé, le parallèle
que Rivarol établit entre la religion et la morale,
qu'il déclare « irréconciliables par essence ».
Qu'on ajoute à cela les notions les plus fausses
ou les plus confuses, souvent les plus contradic-
toires sur Dieu, « qui ne saurait être distingué
» du Grand Tout », sur l'âme, « qui n'est vrai-
» semblablement qu'une même chose avec le
» corps », sur la vie future, « que l'homme aime
» à se figurer au bout de la vie présente, comme
» dans ses jardins il fait peindre des perspectives
» pour que la plus courte allée ait toute *l'illusion*
» de l'immensité » ; puis, des tirades comme
celle-ci, qu'on croirait sortie de la plume d'un
tribun : « Si la religion est impuissante contre les
» passions et les préjugés, vous direz peut-être
» qu'elle est admirable contre l'infortune et la
» misère. Plaisant dédommagement à proposer

» à un peuple écrasé d'impôts et opprimé par les
» puissances, que l'enfer pour les riches et le
» paradis pour les pauvres ! Les mauvais gou-
» vernements ne demandent pas mieux qu'un
» langage qui tend à faire des esclaves plus sou-
» mis et des victimes plus résignées. Est-ce donc
» ainsi qu'un homme d'État doit parler à des peu-
» ples malheureux ?.... » enfin, çà et là, des réflexions vraies, des pensées justes et profondes,
qui forment un heureux contraste avec ce qui les
précède et avec ce qui les suit, et qui frappent
d'autant plus le lecteur qu'elles sont mises en relief par un style vif et coloré ([28]), l'on aura ainsi
le résumé de ces lettres sur la religion et sur la
morale, où Rivarol se plaît à citer souvent Pascal, mais en prouvant qu'il ne l'a pas toujours
compris ([29]), et que, s'il l'a sérieusement étudié,
il est loin de s'être imprégné de son esprit ([30]).

On se sent attristé jusqu'au fond de l'âme par de
tels écrits, surtout quand on songe qu'ils étaient

publiés au moment même où se manifestaient de
toutes parts les signes avant-coureurs de la plus
grande catastrophe qui ait jamais bouleversé le
monde, et que de pareilles aberrations émanaient
d'un homme que la révolution devait compter au
nombre de ses plus ardents adversaires ! Plus
tard, de cruelles épreuves déchireront le voile
épais qui couvre ses yeux et leur dérobe la vérité.
Au milieu des ruines qu'il aura vues s'amonceler
autour de lui, la religion lui apparaîtra comme
le plus ferme soutien des États. Il lancera lui-
même l'anathème contre les philosophes, qu'il
appellera les pères du désordre et de l'anarchie.
Il reconnaîtra hautement le contrat éternel, qui
rattache par un lien nécessaire la loi humaine à
la loi divine, et il écrira ces belles paroles, qu'on
dirait inspirées par la foi : « Tout État est un
» vaisseau mystérieux, qui a ses ancres dans le
» ciel. »

Les lettres de Rivarol sur la religion et sur la

morale, qui n'expriment que trop fidèlement
l'opinion dominante des hautes classes, témoi-
gnent du chaos qui existait alors dans les idées,
et de l'aveuglement de ceux qui, étant les plus
directement intéressés, par leur position sociale,
à ce que la religion, cette grande école de respect,
cette source sacrée de toute autorité, conservât
son prestige et son empire, ébranlaient eux-
mêmes les colonnes du temple, au risque d'être
écrasés sous ses débris. C'est pourquoi nous
avons dû nous y arrêter ([31]). Il y a là un haut et
grave enseignement pour quiconque sait réfléchir ; après l'avoir médité, on est moins étonné
de l'insuccès des hommes qui firent d'inutiles
efforts pour enrayer le char de la révolution et
pour l'empêcher de glisser dans le sang et dans
la boue. Le sentiment religieux manqua, dès
l'origine, à la plupart des amis de la royauté
chancelante, aussi bien qu'à ses ennemis. Quand
les premières leçons de l'expérience vinrent le
réveiller, l'impulsion était donnée ; toute résis-

tance devait être brisée ; il fallait que le char
roulât jusqu'au fond de l'abîme. Ce fut là un des
caractères les plus marqués de ce grand événement, et une des principales causes des maux
inouïs dont la France fut accablée.

Nous arrivons à l'époque la plus brillante de
la vie de Rivarol. Nous allons le voir, non moins
éloquent que courageux, remplir dans la presse
le rôle que Cazalès remplissait avec tant d'éclat
à l'Assemblée Nationale. Comme lui, il montrera
toute la puissance de l'esprit novateur, par la
manière dont il défendra les anciennes institutions.

SECONDE PARTIE.

—

RIVAROL PENDANT LA RÉVOLUTION.

Examinons d'abord rapidement où en était alors cette société du xviiie siècle, dont les opinions, en partie corrigées et les espérances en partie réalisées, constituent, sous tant de rapports, le fonds même de la société actuelle, et sont la base de ce code admirable que tous les peuples nous envient.

Un ardent désir d'innovations s'était emparé
de tous les esprits. Les écrits les plus populaires
avaient mis à nu les abus d'un régime suranné,
qui n'était plus en harmonie avec les lumières du
temps, et les vices d'une législation hérissée d'iné-
galités et de priviléges, qui divisait les enfants
d'une même patrie en castes et en corporations
où ils étaient, en quelque sorte, immobilisés.
Ces abus et ces vices excitaient la réprobation
générale, et le vieil édifice qu'ils étayaient était
battu en brèche de tous côtés.

D'une part, la fermentation qu'on remarquait
partout, l'énergie toujours croissante avec laquelle le pays se prononçait; de l'autre, la faiblesse d'un roi que la Providence semblait avoir
appelé à régner pour prouver combien les vertus
les plus parfaites de l'homme privé sont insuffi-
santes sur le trône; les prodigalités d'une cour
étourdie, l'embarras des finances; le poids d'une
dette chaque jour plus lourde à supporter; les

fautes accumulées par des ministres imprévoyants, tout faisait pressentir un dénouement prochain.

A la génération des penseurs hardis qui avaient creusé toutes les questions relatives à l'organisation des sociétés et avaient pénétré jusqu'aux fondements même de la constitution, venait de succéder une génération fortement imbue de leurs doctrines et travaillée du besoin de les appliquer.

Le tiers-état, si longtemps dédaigné, ayant le sentiment de sa force et de la justice de sa cause, réclamait impérieusement des réformes qui le relevassent de son long abaissement.

Quelques années auparavant, le clergé et la noblesse avaient fait avorter, par une violente opposition, les plans si sages de Turgot, qui voulait que la France dût à l'initiative du sou-

verain, avec l'abolition des douanes intérieures,
avec l'affranchissement du commerce et de l'industrie, avec la liberté de conscience, le grand
bienfait de l'égalité devant la loi, principe éminemment chrétien, corollaire évident de l'égalité
devant Dieu, dans lequel se résume la nouvelle
civilisation de l'Europe. Alors, non-seulement
ils se résignaient à accepter des changements
qui devaient anéantir leurs prérogatives, mais
encore ils étaient les premiers à les provoquer.
Ils n'étaient pas moins passionnés que le tiers-
état pour le redressement de certains griefs et
pour la limitation de l'autorité royale. Tous
s'accordaient à demander l'intervention du pays
dans le gouvernement, la participation des man-
dataires de la nation aux affaires de l'État, et,
par dessus tout, le libre vote de l'impôt. Un
moment il y eut, pour ainsi dire, dans tous les
rangs, quelque chose de cet enthousiasme, de cet
entraînement irrésistibles qui signalèrent la première croisade ; il semblait que le peuple fran-

çais n'eût qu'un cœur et qu'une âme, que faisait tressaillir l'avènement de tous les progrès.
Ce moment fut, hélas ! bien court, mais il exista
réellement. On n'a, pour s'en convaincre, qu'à
lire les cahiers des trois ordres, « monument de
» bon sens, de raison et de sagesse, qui restera
» comme le testament de l'ancienne société fran-
» çaise, comme l'expression suprème et la mani-
» festation authentique de ses volontés ([32]) ».

Mais, à des aspirations si nobles et si justes
qui, dans le fond et à l'insçu même de ceux qu'elles animaient, n'étaient autre chose que l'application du christianisme à la politique, se joignait
je ne sais quel amour de l'idéal, des abstractions,
des théories métaphysiques et des paradoxes que
le génie de J.-J. Rousseau avait enfantés, en les
parant des plus vives couleurs. Tout trahissait je
ne sais quelle haine des distinctions les plus naturelles et des supériorités les plus légitimes,
quel mépris de l'expérience et de la tradition,

quelle impatience de tout frein, quel dédain de
toutes les objections et de tous les obstacles,
quelle fougue dans la réalisation des systèmes
les plus hasardeux et quel oubli de ces ménage-
ments, de ces tempéraments, de ces précau-
tions, de ces égards qui sont si nécessaires,
quand on veut passer, sans trop de secousses et
comme par une douce transition, de ce qui est
à ce qui doit être.

Nous l'avons dit : des doctrines impies avaient
fait le vide dans les âmes, en détruisant tout ce
qui constitue notre vie morale et sert à régler
notre conduite. Par une admirable disposition de
la Providence, l'homme ne saurait longtemps
supporter ce vide affreux, vrai néant de l'esprit et
du cœur, qui est pour lui le plus intolérable des
supplices. Il faut qu'il le comble de quelque manière, dût-il substituer aux croyances qu'il a
répudiées, les rêves d'une imagination en délire.
C'est cette tendance invincible qui explique l'ar-

deur fiévreuse qu'on mettait alors de tous côtés
à remuer tous les problèmes. On confondait les
erreurs les plus funestes et les vérités les plus fé-
condes, sous un gouvernement incapable de résister aux unes et de profiter des autres. On préparait ainsi cette révolution extraordinaire, objet de
tant de malédictions et de tant d'apothéoses, qui
nous a dotés, en définitive, des plus belles institutions, mais où le bien s'est trouvé si étroite-
ment enlacé au mal, qu'il n'est pas encore parvenu
à se dégager entièrement de ses étreintes.

La foi religieuse eût pu seule prévenir ce fatal
mélange qui devait coûter si cher à la France ;
mais le divin flambeau était éteint pour le plus
grand nombre, et des passions que rien ne vien-
drait contenir, allaient détourner de sa voie le
magnifique mouvement auquel toute l'Europe
était attentive.

Réclamés par la nation toute entière et par les

parlements eux - mêmes qui avaient trop longtemps usurpé le droit d'accorder ou de rejeter
les subsides, les États-généraux avaient été con-
voqués, après une interruption de près de deux
siècles, et avec les modifications que rendait
nécessaires l'importance acquise par le tiers-état
dans cet intervalle.

Le 5 mai 1789 vint enfin luire sur la France,
ouvrant, et pour elle et pour le monde, une ère
radieuse de promesses : la France n'est qu'un
point dans le monde, mais c'est un point autour
duquel le monde gravite dans la sphère des idées.
Quel noble sujet d'orgueil pour quiconque a dans
le cœur le respect et l'amour de la France !

Ce jour, si désiré, vit réunis auprès de
Louis xvi, dont le front rayonnait de bonheur,
douze cents députés, l'élite du pays, parmi lesquels figuraient les plus beaux noms de la monarchie à côté de noms alors obscurs, mais destinés

à une sinistre célébrité. Cette assemblée, à jamais célèbre, comptait dans ses rangs des ecclé-
siastiques savants et éclairés, des magistrats
distingués, des hommes profondément versés
dans la science spéculative, des orateurs élo-
quents, mais peu d'esprits pratiques. Elle devait
être dominée par l'audace comme par le génie
d'un gentilhomme, décrié pour ses mœurs, repoussé de la noblesse, mais devenu l'idole du
tiers-état, si bien dépeint en ces termes par un
de nos plus éminents écrivains : « Mirabeau res-
» semble au lion de Milton, dans le premier
» débrouillement du chaos ; moitié lion, moitié
» fange, et pouvant à peine se dégager de la boue
» qui l'enveloppe, lors même que déjà il rugit et
» s'élance ([33]) ».

Les événements et les débats qui suivirent
cette séance d'ouverture, à la fois majestueuse et
touchante, où, en présence de l'accueil fait au
meilleur des rois, de l'émotion excitée par ses

paroles empreintes d'une bonté toute pater-
nelle, il était permis de se livrer aux plus douces
illusions, ne tardèrent pas à dissiper les espérances que tant de cœurs généreux avaient conçues.
Il fut bientôt aisé de prévoir que l'inexpérience
des uns, les tendances exagérées des autres, et
les menées d'une minorité factieuse, enhardie
par les irrésolutions de la cour, aidée par l'ambition effrénée de quelques hommes, appuyée
par les séditions du dehors, entraîneraient la
majorité à dépasser le but et à se lancer aveuglé-
ment dans les plus dangereuses utopies. En délivrant le pays d'odieuses entraves, elle brisera
plus d'un lien salutaire, et elle se rendra com-
plice, sans le vouloir, de cette grande destruction où les vérités religieuses et morales seront
emportées avec les abus.

Rivarol aperçut bien vite les dernières conséquences de la Révolution, et il n'hésita pas à se
jeter au devant du péril pour essayer de le con-

jurer. La royauté et la noblesse qui l'avait si
souvent renié et poursuivi de ses quolibets ([34]),
eurent en lui un de leurs plus vigoureux athlètes,
un de leurs plus intrépides champions.

Les partis s'étaient nettement dessinés au sein
de l'Assemblée, dans les clubs et dans la presse,
et la guerre avait éclaté en même temps sur ces
trois champs de bataille. La tribune de la presse
était un formidable auxiliaire de la tribune de
l'assemblée qu'illustraient les Mirabeau, les Barnave, les Maury, les Cazalès. C'est à cette tribune de la presse que Rivarol déploya tout son
esprit et tout son courage ; il fut un de ses orateurs les plus remarquables.

La presse, cette puissance qui devait bientôt
effacer, en quelque sorte, toutes les autres, et
renouveler la face de l'univers, avait eu de très-
modestes commencements. C'est en 1631 que
furent posés ses premiers fondements, dans les

5*

Nouvelles à la main, publiées par Renaudot,
médecin du roi Louis XIII, sous les auspices et
avec le concours du cardinal de Richelieu, qui lui
fournissait des notes et des renseignements, souvent même des documents officiels ([35]). Ce grand
homme d'état ne se doutait pas assurément, malgré l'étendue de son génie, que ce faible essai
contenait le germe d'un pouvoir nouveau qui
abaisserait un jour, au profit du peuple, et la
royauté et l'aristocratie, comme il avait abaissé
lui-même l'aristocratie au profit de la royauté.
De 1631 à 1789, la presse n'avait pris que fort
peu de développement ; elle était restée à l'état
d'enfance, marchant d'un pas timide et incertain,
et se tenant humblement renfermée dans le cercle
des historiettes, des petits vers, des chroniques de
ruelles et de boudoirs. Le titre seul d'un de ses
organes les plus accrédités, du *Mercure galant*
de Visé, indiquait très-bien quel était alors son
principal caractère. Rien n'annonçait qu'elle eût
le pressentiment de ses futures destinées.

Jusques-là, les journaux du xviiie siècle n'avaient guère franchi ce cercle étroit, ni quitté le quatrain pour la polémique. Tout écrivain qui traitait dans les livres les questions de religion, de philosophie, de morale et même de politique, avait devant lui un champ sans limites, qu'il était libre de parcourir en tous sens. Il pouvait impunément attaquer toutes les bases de l'ordre social, professer le matérialisme le plus abject, bien plus, glorifier l'athéisme, pourvu qu'il respectât les agents de l'autorité ; mais la tolérance du gouvernement, excessive pour les livres, ne s'étendait pas jusqu'aux journaux qui, pour flatter le goût d'un siècle aussi amoureux des frivolités que des discussions sérieuses, étaient réduits à se réfugier dans la littérature légère.

Quand la liberté de la presse eut été proclamée au milieu de l'effervescence générale, le journalisme fit irruption dans l'arène où se débattaient les graves intérêts du moment, et y préluda aux luttes sanglantes de l'avenir. Tous les partis s'emparèrent de cette arme nouvelle ; mais ce fut le plus ardent à tout renverser qui s'en servit avec le plus de succès. Son instinct ne l'avait pas trompé en lui révélant de bonne heure ce que pouvait ajouter à son action ce terrible complément des forces révolutionnaires.

Mirabeau avait le premier engagé le combat dans les *Lettres à mes commettants,* auxquelles ne tarda pas à succéder le *Courrier de Provence.* La tribune ne suffisait pas à ce redoutable antagoniste de la royauté que, plus tard, il cherchera vainement à sauver. Il fallait encore qu'il déversât dans la presse le trop plein du grand réservoir ou plutôt de la grande fournaise d'idées, de passions, d'éloquence que contenait sa vaste tête.

Prudhomme et Loustalot, dans les *Révolutions de Paris*, avec leur enseigne si fameuse, véritable appel à l'insurrection : « Les grands ne nous

» paraissent grands que parce que nous sommes
» à genoux ; levons-nous ! » ; Brissot, dans le
Patriote Français, dont l'épigraphe était : « Une
» gazette libre est une sentinelle avancée, qui
» veille sans cesse pour le peuple » ; Fréron, le
futur chef de la *jeunesse dorée*, qui alors était
un des révolutionnaires les plus exaltés, dans
l'*Orateur du peuple*, écrit particulièrement pour
les ouvriers ; Carra, dans les *Annales patrioti-
ques*, qui affectaient le ton de la prophétie, pour
en imposer davantage à la multitude, et servaient
de texte aux déclamations des plus fougueux
démagogues ; l'abbé Faucher, prêtre égaré, qui
confessera saintement ses erreurs au pied de
l'échafaud, dans la *Bouche de fer ;* Camille Desmoulins, le *Procureur général de la Lanterne*,
qui appelait Marie Antoinette la *femme du roi*,
et Louis XVI *M. Capet l'aîné*, dans les *Discours
de la Lanterne aux Parisiens* et les *Révolutions
de France et de Brabant*, émettaient chaque jour
les propositions les plus hardies, semaient les

divisions et les haines, encourageaient, pour la
plupart, tous les excès, et souvent intimidaient
l'Assemblée par leurs injures et par leurs menaces. Marat, ce fou atroce et sanguinaire, à qui la
République devait, en un jour de délire, décerner les honneurs du Panthéon, faisait entendre
dans l'*Ami du Peuple* les rugissements du tigre
et demandait, dès le mois d'août 1789, que huit
cents députés fussent pendus aux arbres du Jar-
din des Tuileries. Bientôt l'*Ami du Peuple* se
verra renforcé du *Père Duchesne*, qui descendra
jusqu'au dernier degré du cynisme, et remuera
puissamment la fibre populaire par l'explosion de
ses *grandes joies* comme par celle de ses *grandes
colères* ([36]). Le *Père Duchesne* sera suivi du *Journal des Sans-Culottes*, dont chaque numéro portait en tête cette phrase significative : « Les âmes
» des empereurs et celles des savetiers sont je-
» tées dans le même moule ».

Autour des journalistes en renom, se groupè-

rent successivement d'innombrables folliculaires
qui répandaient partout le mensonge et la calomnie, travaillaient incessamment à démolir les
réputations les mieux établies, distillaient leur
venin sur tout ce qu'il y avait de plus auguste et
de plus vénérable, exploitaient enfin l'espionnage
et la dénonciation ([37]). Plusieurs de leurs miséra-
bles pamphlets, véritables actes d'accusation qui
exhalaient comme une odeur de sang, étaient pla-
cardés dans tous les carrefours, et entretenaient
ainsi gratuitement l'ébullition révolutionnaire,
flattant par le plus ignoble langage les grossiers
instincts d'une vile populace, l'excitant à la vengeance et la poussant à tous les crimes.

Telle était la presse contre laquelle avaient à
lutter les journaux du parti de la conservation
sociale. Nous ne l'aurions pas suffisamment ca-
ractérisée, si nous n'ajoutions que, dans les
articles les plus violents et les plus subversifs, on
remarquait un déplorable abus, disons mieux,

une indigne prostitution de tous les mots faits
pour exprimer les idées de justice et de vertu.
Nous l'avons vue renaître en quelque sorte, cette
presse, après la révolution de 1848, sous les
noms très-expressifs de l'*Aimable Faubourien*,
Journal de la Canaille, de la *Mère Duchesne*, du
Bonnet-Rouge, de l'*Accusateur public*, du *Tribunal révolutionnaire*, du *Tocsin des Travail-
leurs*, *etc.*, feuilles éphémères dont quelques
bibliophiles connaissent à peine aujourd'hui les
titres, mais qui, en soulevant les masses, fail-
lirent amener la plus effroyable des catastrophes,
quoiqu'elles ne fussent qu'un écho affaibli de
leurs devancières.

Le parti de la conservation sociale, dans toutes ses nuances, opposait aux grands journaux
révolutionnaires, les *Annales politiques et littéraires* de Linguet, le journaliste le plus ancien et
l'un des plus distingués de l'époque ; le *Mercure
politique* de Mallet du Pan, esprit sagace et pé-

nétrant, publiciste plein de vigueur ; l'*Ami du Roi*, rédigé par Montjoie et par l'abbé Royou, écrivain très-ardent qu'on nommait le *Marat* de la monarchie ; le *Défenseur des opprimés*, ou l'*Ami du clergé et de la noblesse*, qui prêtait à Danton ces tristes paroles : *La révolution est une fleur qui a besoin d'être arrosée ;* le *Journal du Journal de Prudhomme*, critique amère des *Révolutions de Paris*, qu'on attribuait à Stanislas Clermont-Tonnerre, l'un de ceux qui combattaient alors le plus vaillamment pour l'alliance du trône et de la vraie liberté ; le *Journal politique national* de l'abbé Sabatier, où écrivait Rivarol, et plusieurs autres, qui comptaient parmi leurs principaux rédacteurs, Cérisier, l'abbé Poncelin, Durosoy, Suleau, une des malheureuses victimes du 10 août. On voyait à côté d'eux quelques feuilles, telles que le *Modérateur*, le *Pour et le Contre*, le *Journal des Impartiaux*, etc., qui témoignaient des efforts de certains hommes, pleins de nobles illusions, animés des intentions les plus droites, mais présumant trop de leurs forces au milieu de cette ardente mêlée, pour se poser en médiateurs entre les partis, et guider l'opinion publique tiraillée dans tous les sens. Cependant, l'une de ces feuilles avait une épigraphe qui prouvait combien peu elle comptait sur les résultats de son honorable tentative : *Non nostrum inter vos tantas componere lites !*

Aux petits journaux répondaient le *Journal en vaudevilles des débats et des décrets de l'Assemblée nationale*, le *Journal nouveau en chansons*, les *Lettres Persanes* ou les *Contes de la Mère Boby*, la *Lanterne magique nationale*, le *Petit Gauthier*, et au-dessus d'eux et de tant d'autres qu'il serait trop long d'énumérer ici, les *Actes des Apôtres*, créés par Rivarol, de concert avec Peltier et Champcenetz. Tous ces enfants de la gaîté française, dont le rire semblait quelquefois un peu forcé dans de si graves circonstances, avaient pour mission de fronder, sur tous les tons et de toutes les manières, la révolution et les hommes qui s'étaient dévoués à sa cause (³⁸).

Chose remarquable ! le parti conservateur avait recours, bien plus que ses adversaires, à la raillerie, au ridicule. Il oubliait que de pareilles armes sont bien plus puissantes pour l'attaque que pour la défense !

Du reste, il avait pour lui, dans ces combats sans trève ni merci du journalisme, la supériorité du talent, grâce surtout au concours de Rivarol ; mais il défendait une cause irrévocablement perdue, et sa voix était couverte par les clameurs de la démagogie triomphante.

Les articles insérés par Rivarol dans le *Journal politique national*, ont été réimprimés depuis et réunis en un volume intitulé : *Tableau historique et politique de l'Assemblée Constituante* ou *Mémoires de Rivarol*. C'est en effet plus qu'un jour-

nal ; on croit réellement lire une histoire, où le
récit du drame révolutionnaire suit les diverses
phases de sa première période, à mesure qu'elle
se développe. C'est sans doute pour rendre l'illusion plus complète, qu'on a supprimé les dates
et les divisions ; mais il est à regretter qu'on
ait également supprimé les épigraphes en vers
latins empruntés à Virgile, à Horace, à Lucain,
qui précédaient chaque article et lui imprimaient
le cachet particulier d'un esprit nourri de la lecture des grands modèles de l'antiquité. Dans ces
pages, écrites chaque jour sous l'inspiration des
événements qui se succédaient avec une effrayante
rapidité, il y a de l'élévation, de la profondeur,
de l'énergie, une grande indépendance. Le style
en est clair, élégant, nerveux et coloré tout à la
fois. Elles renferment des pensées dignes de Montesquieu, des prévisions qui ne seront que trop
justifiées et qui rappellent en quelque sorte les
paroles prophétiqnes de M. de Maistre, comme
celle-ci par exemple : « Les vices de la cour ont

» commencé la révolution ; les vices du peuple
» l'achèveront ».

Libre de préjugés, Rivarol connaît tous les
cotés faibles de la cour et de l'aristocratie dont
il a épousé la querelle, et il ne cherche pas à
pallier leurs fautes ; il les expose, au contraire,
avec autant de franchise que de sagacité ; mais
souvent cette franchise va jusqu'à la rudesse et
jusqu'à l'invective ; jamais avocat ne ménagea
moins ses clients :

« La populace de Paris, dit-il, et celle de
» toutes les villes du royaume, ont encore bien
» des crimes à commettre avant d'égaler les
» sottises de la cour et des grands qui ne sont
» plus que les mânes de leurs ancêtres. Tout le
» règne actuel peut se réduire à quinze ans de
» faiblesse et à un jour de force mal employée...
» Les cours se recommandent quelquefois aux
» gens de lettres comme les impies invoquent

» les saints, dans le péril, mais tout aussi inu-
» tilement. La sottise mérite toujours ses mal-
» heurs...... L'impéritie de la cour et les griefs
» de la nation étaient montés à leur comble ;
» nous ne saurions trop le répéter. Tous les rois
» ont reçu une grande leçon dans la personne du
» roi de France. Les gouvernements apprendront
» désormais à ne pas se laisser devancer par les
» peuples qu'ils dirigent. La France offrait de-
» puis longues années le spectacle d'un trône
» éclipsé au milieu des lumières. Le cabinet de
» Versailles était, pour les lumières, au-dessous
» du plus petit club du Palais-Royal. Ce spec-
» tacle inspirait le dégoût et ne pouvait durer
» davantage. »

Un tel langage, quelque vrai qu'il puisse être
en lui-même, étonne de la part d'un défenseur,
et blesse, il faut bien l'avouer, ce qu'il y a en
nous de plus délicat ; il n'est personne qui ne
sente qu'il y a des situations qui commandent

plus de mesure et de réserve. Celui qui se pose de la sorte nuit à la cause qu'il soutient et semble vouloir se grandir lui-même à ses dépens. Rivarol laisse trop voir, à notre avis, que, comme tous les esprits enclins à la satire, il serait plutôt porté à être un homme d'opposition, et que le rôle de pamphlétaire du peuple eût encore mieux convenu à sa nature.

Qu'on aime bien mieux la façon dont il blâme Louis xvi de n'avoir pas su prévenir, par une initiative intelligente, les tiraillements de l'assemblée et les hardiesses du tiers-état, à propos de la déclaration du 23 juin, qui accomplissait les principaux vœux de la nation française, tels que les cahiers les formulaient !

« Cette déclaration, dit-il, un peu modifiée, » pouvait devenir la grande Charte du peuple » français, et sans doute qu'un mauvais roi ne » l'eût accordée qu'après avoir perdu des ba-

» tailles. Pourquoi eut-elle donc un si mauvais
» succès? C'est qu'elle avait le défaut de venir
» trop tard. Les opérations des hommes ont leur
» saison, comme celles de la nature; quelques
» mois plus tôt, cette capitulation volontaire d'un
» roi allant au-devant des désirs de son peuple,
» aurait été reçue et proclamée comme le plus
» grand des bienfaits; elle eût fait perdre jus-
» qu'à l'idée d'avoir des états-généraux. Pour
» empêcher les horreurs d'une révolution inévi-
» table, il eût fallu la faire soi-même. »

Ces réflexions sont aussi justes que bien exprimées. « Il n'y a rien dans le monde, dit le
» cardinal de Retz, qui n'ait un moment décisif,
» et le chef-d'œuvre de la bonne conduite est de
» savoir bien saisir ce moment. » C'est en cela
que consiste, en effet, le premier talent de
l'homme d'état et du souverain, et ce talent manqua toujours à l'infortuné Louis xvi. Il eut au
plus haut degré les vertus qui, dans les crises

sociales, font les martyrs; mais il n'eut pas
les qualités qui font les grands rois, dans un
temps où elles eussent été plus nécessaires que
jamais. Si seulement une telle déclaration eût
été lue le 5 mai, à l'ouverture des états-généraux, ce programme d'une révolution pacifique
eût donné à la royauté une force immense; elle
aurait ainsi dominé tous les partis et elle les aurait réduits à l'impuissance, en adoptant résolu-
ment tout ce que leurs prétentions avaient de
juste et de praticable, en s'appropriant l'élément
vital de chacun d'eux, et en leur imposant à tous,
avec une volonté ferme, le choix qu'elle aurait
fait elle-même.

Rivarol critique le titre d'*Assemblée nationale*,
qu'ont pris les députés; il le trouve trop élémentaire; il lui semble trop indiquer un peuple qui
serait pour ainsi dire à sa naissance, et qui n'aurait pas encore de gouvernement. Au point de vue
où il se place, cette observation est loin d'être sans

portée : « La puissance des mots est connue, dit-
» il ; une expression nouvelle entraîne de nou-
» velles conséquences. Chacun sait que Cromwell
» préféra le titre de *Protecteur* de la nation an-
» glaise au titre de roi ; les Anglais, qui connais-
» saient en effet la valeur de ce dernier mot, ne
» pouvaient apprécier l'autre ; aussi Cromwell
» les *protégea* de manière à leur faire bientôt
» regretter la royauté ».

Bravant les fureurs populaires qui étaient
alors si facilement excitées, il dénonça dès les
premiers jours ce qu'il appelle les états-généraux
du Palais-Royal, « où s'était formée comme une
» seconde assemblée des communes qui, par la
» vivacité de ses délibérations, par la perpétuité
» de ses séances et le nombre de ses membres,
» l'emportait sur la première, mais qui, ne se
» contentant pas du paisible pouvoir législatif,
» joignait les exécutions aux motions, et ameu-
» tait, par ses émissaires, le petit peuple de

» Versailles ». — « La populace, ajoute-t-il, » croit aller mieux à la liberté, quand elle attente » à celle des autres ».

La marche ordinaire des révolutions est très-bien tracée dans les lignes suivantes : « Ceux » qui élèvent des questions publiques, devraient » considérer combien elles se dénaturent en che- » min. On ne demande d'abord qu'un léger sacri- » fice ; bientôt on en commande de très-grands, » enfin on en exige d'impossibles. »

Dans le passage relatif à la prise de la Bas- tille, on lit : « Il n'est peut-être pas indigne de » l'histoire d'observer que le gouverneur de la » Bastille ne voulut pas faire tirer le canon sur » le peuple qui se portait en foule du côté de » l'Arsenal, de peur d'endommager une petite » maison qu'il avait fait bâtir de ce côté-là et » qu'il affectionnait, et, ce qui n'est pas moins » remarquable, c'est que, dans ce même instant,

» M. de Bezenval , général des Suisses , se ca-
» chait pour ne pas donner l'ordre à sa troupe et
» laissait prendre les Invalides , de peur que , si
» l'émeute devenait trop considérable , on ne pil-
» lât sa maison qui était voisine , et où il avait
» fait peindre depuis peu un appartement et cons-
» truire des bains charmants. Voilà par quels
» hommes le roi était servi ! » Non certes ! ce
qui caractérise si bien les mœurs du temps, ne
saurait être indigne de l'histoire , et Rivarol met
ici le doigt sur une des plaies les plus profondes
de la société d'alors.

Après l'émouvant récit de la journée du 17
juillet où , selon l'expression de Bailly , Paris
reconquit un moment son roi pour lui faire légi-
timer sa rébellion , journée qui fut comme le
commencement de la longue passion de ce malheureux monarque , il reproche à l'assemblée
d'avoir soulevé le peuple pour renverser le trône
et lui adresse cette vive apostrophe :

« Si un troupeau appelle des tigres contre ses
» chiens, qui pourra le défendre de ses nouveaux
» défenseurs ? Malheur à ceux qui remuent le
» fond d'une nation ! Quand on soulève un peu-
» ple , on lui donne toujours plus d'énergie qu'il
» n'en faut pour atteindre le but qu'on se pro-
» pose , et cet excédant de force l'emporte bien-
» tôt au-delà de toutes les bornes. »

Quand il raconte le massacre de Foulon et de
Berthier par des cannibales qui suspendirent
leurs têtes aux colonnes du Palais-Royal, il flétrit éloquemment ces affreuses paroles, rendues
plus horribles encore par la jeunesse de celui qui
les prononça au sein de l'Assemblée : « *Le sang*
» *qui coule, est-il donc si pur ?* » et il voue à
l'exécration de la postérité « les mauvaises maxi-
» mes, plus criminelles encore que les mau-
» vaises actions ».

Arrivant à la déclaration des droits de l'homme

que l'assemblée avait mise en tête de la constitution, comme le symbole de l'esprit qui l'animait, il s'écrie :

« Législateurs, fondateurs d'un nouvel ordre
» de choses, vous voulez faire marcher devant
» vous cette métaphysique que les anciens légis-
» lateurs ont toujours eu la sagesse de cacher
» dans les fondements de leurs édifices. Ah!
» ne soyez-pas plus savants que la nature! Si
» vous voulez qu'un grand peuple jouisse de
» l'ombrage et se nourrisse des fruits de l'arbre
» que vous plantez, ne laissez pas ses racines
» à découvert..... Il faut aux peuples des vérités
» usuelles et non des abstractions..... D'ailleurs,
» pourquoi révéler au monde des vérités pure-
» ment spéculatives? Ceux qui n'en abusent pas
» sont ceux qui les connaissent comme vous, et
» ceux qui n'ont pas su les tirer de leur propre
» sein, ne les comprendront jamais et en abuse-
» ront toujours..... Craignez les hommes à qui

» vous n'aurez parlé que de leurs droits et ja-
» mais de leurs devoirs. »

On ne saurait mieux dire : en formulant cette
déclaration solennellement proclamée l'*Évangile
immortel de la nature et de la raison, recueilli
par la sagesse de l'assemblée pour les hommes et
les nations,* en y mêlant des principes d'une
vérité et d'une utilité incontestables à des idées
vagues ou abstraites qui étaient loin d'être sans
danger, en y confondant les maximes d'une phi-
lantrophie imaginaire et les droits positifs qui,
résultant des nécessités sociales, restreignent
inévitablement, pour chacun de nous, l'exercice
des droits naturels, en dédaignant, en un mot,
de fouler la terre et en voulant marcher sur les
nues, les constituants avaient prouvé qu'ils n'a-
vaient pas l'intelligence pratique des conditions
essentielles du gouvernement des Etats, de ce
monde réel où, par la force même des choses,
on trouve des limites à chaque pas.

Rivarol ajoute : « En remontant à l'origine de
» l'univers pour faire sa constitution, l'assem-
» blée avait d'abord affecté de ne pas prononcer
» le nom de Dieu, négligeant volontairement la
» religion avant de lier un grand peuple par les
» lois, et se passant ainsi de la chaîne qui unit
» la terre au ciel. Avertie de l'effet produit par
» son affectation, elle a inséré dans le préambule
» ces mots : *En présence et sous les auspices de*
» *l'Être suprême.* O apprentis en politique et en
» philosophie! Est-ce que le juge de toutes les
» consciences n'est pas le garant de toutes les
» propriétés? et quand Dieu ne serait que la
» plus belle conception de l'esprit humain, est-
» ce en faisant votre métaphysique que vous
» deviez l'oublier? » Et il cite le fameux aphorisme de Bacon : *Peu de philosophie éloigne de*
la religion; beaucoup de philosophie y ramène.

Nous voilà déjà bien loin des *Lettres sur la re-*
ligion et sur la morale. Rivarol a vu luire enfin

un rayon de l'éternelle vérité ! L'idée de Dieu a
visité cette âme ravagée jusque-là par le doute,
et aussitôt son talent a grandi.

Lorsqu'il énumère les causes de la révolution,
il signale très-bien l'influence de la passion qui,
selon lui, a le plus envenimé toutes les questions. Cette passion, c'est la jalousie qu'inspirait
la noblesse aux classes bourgeoises. La révolution mit l'orgueil plébéien ulcéré aux prises avec
l'orgueil patricien dont les dédains irréfléchis
l'avaient aigri en l'humiliant, et voilà pourquoi
cette révolution, si légitime d'ailleurs à tant
d'égards, se montra violente, cruelle, inexorable
comme l'orgueil, dans sa sanglante période :

« Qui le croirait? ce ne sont ni les impôts,
» ni les lettres de cachet, ni tous les autres abus
» de l'autorité; ce ne sont point les vexations
» des intendants et les longueurs ruineuses de
» la justice qui ont le plus irrité la nation. C'est

6*

» le *préjugé de la noblesse* pour lequel elle a
» manifesté le plus de haine ; ce qui prouve
» évidemment que ce sont les bourgeois, les
» gens de lettres, les gens de finance et enfin
» tous ceux qui jalousaient la noblesse, qui ont
» excité contre elle le petit peuple dans les villes
» et les paysans dans les campagnes..... Les
» gens d'esprit, les gens riches trouvaient la
» noblesse insupportable, et si insupportable
» que la plupart finissaient par l'acheter ; mais
» alors commençait pour eux un nouveau genre
» de supplice ; ils étaient des anoblis, des gens
» nobles ; mais ils n'étaient pas gentilshommes ;
» car les rois de France, en vendant la noblesse,
» n'ont pas songé à vendre aussi le temps qui
» manque toujours aux parvenus..... La vraie
» noblesse est un nom gravé par la main du
» temps dans la mémoire des hommes..... Les
» rois de France guérissent leurs sujets de la
» roture, à peu près comme des écrouelles ; à
» condition qu'il en restera des traces. »

Il y a beaucoup de finesse dans ce qu'il dit du prestige de *ce préjugé de la noblesse*, que les roturiers n'avaient pas moins contribué que les nobles à accréditer : « La noblesse est, aux yeux » du peuple, une espèce de religion, dont les » gentilshommes sont les prêtres, et *parmi les* » *bourgeois il y a bien plus d'impies que d'in-* » *crédules* ».

Il dépeint ainsi les effets de cette fureur de nivellement universel qui, au lieu de l'égalité des biens, n'aura produit que l'égalité des misères : « On a renversé les fontaines publiques sous » prétexte qu'elles accaparaient les eaux, et les » eaux se sont perdues.» Et plus loin : «L'assem- « blée nationale, en détruisant la hiérarchie des » conditions, pense obtenir un meilleur ordre de » choses; penserait-elle aussi, en donnant aux » notes la même valeur et en les rangeant toutes » sur une même ligne, créer d'autres accords et » donner au monde une nouvelle harmonie? »

M. de Tocqueville ([39]) qui ne saurait, certes,
être suspect d'hostilité envers la révolution de
89, a dit plus de soixante ans après : « Il faudra
» toujours déplorer qu'au lieu de plier la no-
» blesse sous l'empire des lois, on l'ait abattue
» et déracinée ».

La nuit du 4 août, où disparurent, sur la
motion des privilégiés eux-mêmes et comme dans
un tourbillon électrique, les derniers vestiges
du régime féodal, cette nuit mémorable, que les
uns ont appelée la *nuit des dupes*, les autres, avec
plus de raison, *la nuit des sacrifices*, et qu'il
serait peut-être plus exact d'appeler *la nuit des
réparations*, est pour Rivarol la *Saint-Barthé-
lemy des propriétés*. Il prend à partie les membres de la noblesse qui ont donné l'exemple de
ce grand mouvement d'abnégation, et ont entraîné l'ordre tout entier à « aller se perdre dans
» le tiers-état comme un faible ruisseau dans un
» fleuve immense».

L'abolition de la dîme lui inspire ces poétiques regrets : « Ainsi fut abrogée la dîme, ce tribut » patriarcal, le plus antique et le plus vénérable » qui existât parmi les hommes ; ainsi fut brisé » le lien qui attachait les espérances de la terre » aux bontés du ciel, l'intérêt du pontife à la » prospérité du laboureur, et les cantiques et » les prières de tous les âges aux fleurs et aux » fruits de toutes les saisons. » On dirait, au ton qui règne dans ce morceau, que le sens religieux se réveille en lui de plus en plus.

Il décrit de la manière suivante l'état des esprits et le désordre dans lequel la France est tombée : « Toutes les têtes sont tellement pleines de co- » mités et de districts, de départements et de » municipalités, de crimes et de conjurations » que, dans cet horrible chaos, on distingue à » peine le cri du malheur, toujours dominé par » celui de *constitution* et de *liberté* ; paroles de » mensonge et de confusion, qui répandent par-

» tout l'erreur ou l'effroi. Chaque jour l'assem-
» blée reçoit de tous côtés les avis les plus alar-
» mants, et chaque jour, pour toute réponse,
» elle abat quelque partie de l'édifice, croyant
» arrêter l'incendie par la démolition. »

Nous voudrions pouvoir maintenant citer en
entier la dissertation de Rivarol sur les principes
constitutifs et sur les diverses formes du gouvernement des Etats ; on y rencontre la touche vigou-
reuse de l'auteur de l'*Esprit des lois*, rehaussée
par l'éclat de ce style plein d'images que Rousseau a appliqué avec tant de succès aux discussions métaphysiques : « Dans le gouvernement
» despotique, dit-il, là où les pouvoirs législatif
» et exécutif sont réunis entre les mains d'un
» sénat ou d'un seul homme, la souveraineté
» nationale est tout-à-fait éclipsée. Elle ne peut,
» comme le feu central, se manifester que par
» des explosions. Le peuple, semblable aux
» géants de la fable, soulève les montagnes sous

» lesquelles il est enseveli, et la terre en est
» ébranlée. »

Il se prononce nettement pour les doctrines de
la monarchie tempérée. Il fait ressortir les avantages du système anglais des deux chambres com-
binées avec la prérogative royale ; système dont
les éléments divers se tempèrent réciproquement
tout en se prêtant un mutuel appui. C'est à la
lumière de cette dissertation qu'il examine la
constitution votée par l'assemblée. Il montre
qu'elle a réduit la royauté à n'être qu'un rouage
inutile, en ne lui accordant que le *veto* suspen-
sif, c'est-à-dire une autorité tout-à-fait illusoire ;
tort immense, dans un pays qui a besoin d'un
gouvernement fortement concentré, armé d'une
puissante initiative, et qui, par toutes les pentes
de son génie et de son histoire, est nécessairement conduit à regarder le pouvoir monarchique
comme le plus sûr appui, le plus énergique instrument de sa grandeur :

» Ce jour-là, dit-il, a été abolie la monarchie
» française fondée l'an 420 de l'ère chrétienne,
» après quatorze siècles de fortunes diverses,
» d'abord aristocratie royale et militaire, ensuite
» monarchie plus ou moins absolue, et mainte-
» nant démocratie armoiriée d'une couronne. Le
» titre de roi a été conservé à Louis XVI comme
» une antique décoration dont la politesse mo-
» derne n'a jamais privé les rois détrônés.... En
» vain l'assemblée, après avoir abattu le colosse
» de la royauté, a-t-elle, comme les prêtres de
» l'Egypte, animé de son souffle ce colosse sans
» vie, et l'a-t-elle prié d'articuler ses oracles, le
» peuple, qui avait entendu nommer Louis XVI le
» *souverain provisoire*, le *délégué du hasard*, était
» trop averti que la statue n'était plus un dieu,
» et le respect a disparu avec le prestige. . . . .

» Pour asseoir à jamais la constitution fran-
» çaise sur ses véritables fondements, il fallait
» conserver la monarchie, établir les communes

» et créer l'aristocratie dans un sénat essentiel-
» lement inamovible, dans un sénat héréditaire
» et peu nombreux. La France serait rapidement
» montée au point où sa nature l'appelle, tel
» qu'un arbre dont les sucs ne sont plus détour-
» nés, remplit bientôt la terre de ses racines et
» le ciel de son feuillage. »

Il prédit à l'assemblée que pour avoir voulu
tout détruire et tout reconstruire à la fois, pour
avoir oublié la marche lente et mesurée des corps
législatifs et méconnu les lois d'une bonne constitution, elle ne jouira pas longtemps de son
ouvrage :

« La France que vous avez soulevée, mais que
» vous n'avez pas rétablie sur sa vraie base,
» va s'agiter dans les convulsions de l'anarchie ;
» après quoi elle retombera dans le despotisme,
» et c'est à vous que nous le devrons. La France
» préférera toujours le repos de la servitude

» aux mouvements douloureux d'une fausse li-
» berté. »

Cependant son esprit se refuse à s'arrêter à
ces tristes résultats des fureurs démagogiques,
et il finit par entrevoir, à travers les orages, un
autre avenir que « la sublime alchimie de la Providence ([40]) », si habile à tirer le bien du mal,
saura dégager des passions les plus ardentes,
pour porter la société française à son plus haut
degré d'épanouissement et en faire le modèle de
toutes les autres, en la fondant sur l'égalité civile accompagnée d'une forte hiérarchie :

« Cette sombre nuit se dissipera, et le trône
» brillera un jour sous un ciel plus pur, appuyé
» sur la liberté publique et revêtu d'une splen-
» deur tranquille ».

Il déploie un talent d'historien de l'ordre le
plus élevé dans le récit des journées des 5 et 6

octobre qu'il attribue au parti du duc d'Orléans. Il fait précéder ce récit *du dernier jour de la royauté* d'une violente diatribe contre les principaux membres de ce parti :

» Ah ! si le ciel eût voulu, s'écrie-t-il, qu'à » côté des grands criminels, il s'élevât toujours » un grand écrivain, vous tous, directeurs, » conseillers et satellites d'un prince coupable, » comme vos devanciers les Narcisse, les Ti- » gellin, vous trembleriez sous la verge d'un » Tacite. »

Puis il déroule le tableau de toutes les péripéties de cette affreuse tragédie. L'irruption au sein de l'assemblée des hordes sauvages qu'a vomies la capitale, l'envahissement du palais par cette tourbe de femmes échevelées et d'hommes ivres, l'attitude calme et assurée du roi au milieu de si grands périls, la grandeur d'âme, l'intrépide dignité de la reine qui « redresse tout-à-coup l'instinct d'une multitude en délire » et force son admiration, ce douloureux voyage de Versailles à Paris qui offre l'image des funérailles de la monarchie, sont retracés de main de maître et avec l'accent d'une âme vivement émue :

« L'horreur d'un jour sombre, pluvieux et
» froid, cette infâme milice barbotant dans la
» boue; ces harpies, ces monstres à visage hu-
» main, et ces deux têtes de martyrs de la fidélité
» et du devoir portées dans les airs; au milieu
» de ses gardes captifs, un monarque traîné len-
» tement avec toute sa famille, tout cela formait
» un spectacle si effroyable, un si lamentable
» mélange de honte et de douleur, que ceux qui
» en ont été les témoins, n'ont pu encore ras-
» seoir leur imagination. »

Il s'indigne enfin du délaissement où s'est trouvé Louis xvi durant ces funestes journées :
» Sont-ce là, dit-il, ces Français qui ont tant

» de fois prodigué leur vie pour leurs rois, qui
» les serraient de si près au fort du combat et
» qui croyaient leur sang assez payé d'un regard
» de leurs princes?.... L'honneur dont Montes-
» quieu a voulu faire le principe des monar-
» chies, n'était plus en France qu'une vieille
» tradition. La religion pour le prince était pres-
» que éteinte; il fallait des prodiges pour la rani-
» mer, et Louis xvi ne les a pas tentés. L'idole
» arrachée de ses autels, n'est plus aujourd'hui
» qu'une statue sans piédestal. Ses prêtres et
» ses serviteurs ont été dispersés ou corrompus;
» jamais il n'y eut d'exemple d'une défection
» semblable et d'un tel abandon, si ce n'est au
» temps des anciennes excommunications; mais
» Louis xvi est en effet excommunié; car la phi-
» losophie a aussi ses bulles et le Palais-Royal
» est son Vatican ».

L'influence que Paris a exercée sur la révolution, est souvent mise en lumière dans le

Journal politique national ; ses agitations conti-
nuelles , ses prises d'armes incessantes amènent
Rivarol à émettre quelques considérations sur le
rôle qui appartient à cette capitale , aux mœurs
élégantes et polies , en qui l'univers admire la
reine de la civilisation , et dont les arts , les lettres , les sciences , ont travaillé , de concert , à
tresser la couronne :

« Paris est-il donc une ville de guerre ? n'est-
» ce pas , au contraire , une ville de luxe et de
» plaisir ? rendez-vous de la France et de l'Eu-
» rope ; Paris n'est la patrie de personne , et on
» ne peut que rire d'un homme qui se dit citoyen
» de Paris. Cette capitale n'est qu'un vaste spec-
» tacle qui doit être ouvert en tout temps. Ce
» n'est pas la liberté qu'il lui faut , cet aliment
» des républiques est trop indigeste pour des sy-
» barites ; c'est la sûreté qu'elle exige. Il n'y a
» qu'un gouvernement doux et respecté qui
» puisse lui donner le repos nécessaire à son

» opulence et à sa prospérité. Elle a donc agi
» contre ses intérêts en prenant des formes ré-
» publicaines ; elle a été aussi ingrate qu'impo-
» litique, en écrasant cette autorité royale à qui
» elle doit ses embellissements et son accroisse-
» ment prodigieux, et puisqu'il faut le dire,
» c'était plutôt à la France entière à se plaindre
» de ce que les rois ont fait dans tous les temps
» pour la capitale et de ce qu'ils n'ont fait que
» pour elle. »

Qu'eût-il dit de nos jours à la vue de toutes
les nouvelles magnificences qui font de Paris une
ville de palais, de tous ces admirables travaux
dont la moitié suffirait pour illustrer un règne,
de ces grandes voies qui permettent à des flots
de population, sans cesse renouvelés, de cir-
culer librement et qui, avec l'air et la lumière,
répandent la salubrité dans des quartiers jadis
infects ; de ces vastes places taillées à l'image
de l'auguste pensée qui en a conçu le premier

plan ; de ces somptueux édifices où l'art s'est
plu à étaler toutes ses splendeurs ; de ces monuments qui consacrent les plus glorieux souvenirs?
Paris est plus que jamais le rendez-vous du
monde civilisé. Paris est redevable de ces récen-
tes merveilles au génie de l'homme providentiel
qui préside aux destinées de la France. Et pourtant, malgré tant de cruelles leçons qui auraient
dû l'éclairer sur ses véritables intérêts et le dé-
goûter pour toujours des révolutions, Paris continue à se complaire dans cet esprit d'opposition
qui, depuis près de soixante et dix ans, a
ébranlé tant de gouvernements et fait subir au
pays le joug de tant d'insurrections victorieuses;
Paris n'a pas cessé de mériter tous les repro-
ches que lui adressait Rivarol, et son obstination
dans l'ingratitude n'a d'égale que la persévérance
de ses bienfaiteurs.

Rivarol, à qui son heureuse organisation rendait accessibles tous les genres de connaissances,

et qui se plaisait du moins à tout effleurer , abordait quelquefois dans le *Journal politique national* les questions économiques qui préoccupaient le plus les esprits. Voici comment il apprécie les dangers présentés par la création d'un papier-monnaie, qui alors était à l'ordre du jour :

« Il est certain qu'un peuple qui s'abandonne
» indiscrètement à la facilité de s'emprunter à
» lui-même et de se payer en papier-monnaie ,
» doit·finir comme le Midas de la fable : les réa-
» lités disparaissent sous les mains qui créent
» toujours des signes. Voici une proportion éter-
» nelle : l'or et le papier sont les deux signes des
» richesses ; mais l'un est d'une convention uni-
» verselle , et l'autre d'une convention locale et
» bornée. La rareté des métaux et les peines que
» coûte leur exploitation , donnent à la terre le
» temps de porter des moissons , et les denrées
» peuvent atteindre et suivre de près les signes
» qui les représentent. Mais est-ce que la nature

7

» peut marcher comme la plume d'un homme
» qui fait du papier-monnaie ? L'or, borné dans sa
» quantité, est illimité dans ses effets; et le pa-
» pier, illimité dans sa quantité, est au con-
» traire fort limité dans ses effets. Un peuple
» qui est forcé d'en venir à cet expédient ne doit
» pas perdre de vue ces maximes fondamen-
» tales. Une foule de causes peuvent retarder
» la banqueroute d'une nation qui a trop fait de
» papier-monnaie; mais rien ne saurait l'empê-
» cher. »

L'erreur des économistes qui ont cru qu'il
suffisait de multiplier le papier-monnaie pour
multiplier le crédit et la richesse, erreur qui fut
celle de Law et qui précipita la France dans un
abime, est bien réfutée dans ces quelques lignes
qui avaient certes le mérite de l'à-propos à la
veille d'une émission fabuleuse d'assignats (elle
s'éleva à plus de trente milliards en cinq ans)
destinés à devenir bientôt des chiffons sans va-

leur. Elles complètent la physionomie de Rivarol
considéré comme journaliste sérieux.

Nous nous sommes étudié à faire bien connaitre le *Journal politique national* par de nombreuses citations que nous avons choisies avec
soin et qui sont loin cependant de présenter tout
ce qu'il renferme de saillant, en insistant particulièrement sur la part d'action que Rivarol eut
dans la presse ; le programme de l'Académie
nous en faisait un devoir.

Ce journal mit le sceau à la réputation de Rivarol. Le célèbre Burke, âme généreuse et cheva-
leresque qu'avaient vivement impressionnée les
iniquités mêlées à la régénération de la France,
et surtout les violences exercées contre une
femme et une reine, écrivit à Rivarol, après avoir
lu le recueil de ses articles, qu'on le mettrait à
côté des annales de Tacite. Il y a assurément
beaucoup d'exagération dans cet éloge. Sans

doute les traits les mieux trempés du *Journal politique national* sont vraiment dignes du peintre
immortel des hontes de la décadence romaine ;
mais c'est une œuvre trop inégale pour être comparée à l'un des plus beaux livres qui soient sortis de la main des hommes. Le recueil de Rivarol
se ressent de l'improvisation du journaliste qui ,
forcé de suivre en courant les événements qui se
pressent, et d'écrire comme avec la rapidité de
la pensée pour remplir sa tâche quotidienne ,
ne peut que rarement creuser son sujet et ne vise
guère qu'au succès du moment. Les annales de
Tacite portent à chaque ligne l'empreinte des profondes méditations du philosophe qui s'élève au-
dessus des intérêts d'un jour, et qui, de là, plon-
geant ses regards dans l'avenir, embrassant d'un
coup d'œil l'humanité toute entière, écrit pour
la postérité bien plus que pour son siècle. Chez
Tacite , c'est toujours le moraliste qui parle, avec
l'accent convaincu de la vertu indignée, avec
l'énergie de l'homme de bien protestant, au nom

du genre humain, contre les plus odieux excès
de là tyrannie, s'appuyant sur ces lois impéris-
sables qui sont celles de tous les temps et de tous
les peuples, et que ne sauraient atteindre les
vicissitudes des opinions. Chez Rivarol, c'est
souvent l'homme de parti, payant son tribut à la
passion et au sophisme, sacrifiant la vérité à des
préjugés, à des préventions, à des haines. Tacite
est constamment égal à lui-même, et il n'oublie
jamais ce que la mission de l'historien a de grave
et de sévère. Rivarol ne cherche pas à se maintenir à la hauteur de l'histoire ; il mêle tous les
tons plus qu'une œuvre pareille ne le comporte ;
on s'aperçoit presque à chaque instant qu'il frise
de près l'épigramme, et sa plume laisse échapper de ces sarcasmes qui, dans le milieu où ils
se produisent, font l'effet de véritables disson-
nances. Tacite marque toujours d'un fer rouge
ceux qu'il veut flétrir. Rivarol que domine trop
aisément son penchant pour la raillerie, ne leur
fait quelquefois que de simples piqûres. La diction

de Tacite est forte comme sa grande âme, soutenue comme son noble caractère. Le style de
Rivarol, si beau par moments, si plein d'éclairs,
subit les variations d'une nature mobile, capri-
cieuse, manquant d'esprit de suite et de gravité, accoutumée aux évolutions les plus soudaines et les plus diverses.

Mais l'éloge de Burke n'en est pas moins un
titre de gloire pour Rivarol à qui l'on ne saurait
refuser un certain reflet du génie de Tacite. Un
tel éloge, parti de si haut, témoigne de l'impression que fit sur ses contemporains l'éclat de
sa polémique; mais, dans la presse aussi bien
qu'à la tribune, le talent devait être impuissant
contre la force des choses et contre le déchai-
nement des passions.

Les extraits du *Journal politique national*,
qui composent les *Mémoires* de Rivarol, s'arrê-
tent aux journées des 5 et 6 octobre. A dater

de cette époque, Rivarol, las sans doute de ful-
miner en vain contre les constituants, qui pour-
suivaient leur œuvre malgré ses éloquentes phi--
lippiques, changea ses batteries et devint général
d'artillerie légère.

Il s'adjoignit quelques gais compagnons qui
tous excellaient à manier la plaisanterie, à ai-
guiser l'épigramme, à tourner la chanson, pour
fonder les *Actes des Apôtres,* sorte de *Satire
Ménippée* en prose et en vers, où le persiflage,
qu'il appelle l'aristocratie de l'esprit ([41]), prend
toutes les formes pour déverser le ridicule sur
les membres les plus influents de l'assemblée
nationale. Là il se sentira dans son véritable
élément, et il pourra s'abandonner à sa verve
naturelle. Peltier et Champcenetz, son disciple
en bons mots, « mon clair de lune, disait-il »,
furent ses premiers aides-de-camp.

Les *Actes des Apôtres* formaient l'avant-garde

de la bande joyeuse des petits journaux que l'esprit gaulois fit surgir en si grand nombre pendant
la révolution, malgré le malheur des temps. Ils
étaient les dignes précurseurs du *Figaro*, du
Corsaire et du *Charivari*, qui, de nos jours, ont
recueilli la meilleure partie de leur héritage. Le
titre bizarre de ce journal, le plus important de
ceux qui égayèrent, par le tintement de leurs
grelots, les scènes parfois si lugubres de ce grand
drame, était comme un appât jeté à la curiosité
du public; il désignait ainsi les apôtres de la
nouvelle religion politique. Les circonstances et
le talent des rédacteurs aidant, il eut une vogue
prodigieuse. La Harpe nous explique ce succès,
dans le *Mémorial historique*, en dépeignant la
disposition des esprits à cette époque :

« Combien de fois, dit-il, j'ai vu une bonne
» plaisanterie, une bonne épigramme, un bon
» couplet, dérider tout-à-coup, dans un cercle,
» les fronts qui étaient auparavant sombres,

» soucieux, menaçants! Il semblait que tout le
» monde était vengé. On ne disait plus à celui
» qui entrait : « Avez-vous rien vu de plus
» affreux que ce que l'on vient de faire? » On lui
» disait : « Savez-vous la chanson? Avez-vous lu
» le journal? C'est excellent. Oh! ils sont bien
» enragés! » Je croyais entendre Pourceaugnac:
» Il m'a donné un soufflet; mais je lui ai bien
» dit son fait; » et souvent il y avait pis que
» des soufflets. »

Chacun des numéros des *Actes des Apôtres*
avait une épigraphe presque toujours extraite
d'un poëte latin; l'esprit si éminemment orné de
Rivarol se montrait jusque dans la polémique
la plus légère. Chaque volume, sous le nom de
version, était précédé d'une indication comme
celles-ci : *l'an de la liberté O; l'an de l'égalité
en misère; l'an des assignats*, et était accompagné d'une caricature ([42]). Une de ces caricatures
représente la constitution sous l'emblême d'une

7*

pyramide colossale et renversée que l'abbé Sieyès
et Target s'efforcent de mettre en équilibre sur
la pointe. — S'il nous était permis de mêler à ce
sujet le sévère au plaisant, nous dirions que cet
emblême ingénieux et plein de vérité a réveillé
en nous le souvenir de cette phrase d'un discours
célèbre : *La pyramide était renversée ; je l'ai rétablie sur sa base*, et qu'il nous a rappelé que
deux fois, dans l'espace de soixante ans, la pyramide ayant été ainsi renversée, deux fois Dieu
a voulu qu'elle fût rétablie sur sa base par la
main puissante d'un Napoléon.

En parlant du *Petit Almanach des Grands
Hommes*, nous avons fait notre profession de foi
sur le genre satirique et sur l'abus des personnalités qui en est presque inséparable. Nous
avons moins de goût encore pour la raillerie,
la facétie et le burlesque appliqués aux choses
sérieuses. « L'humanité n'est pas une bouffon-
» nerie, a dit avec raison Lamartine. » En pré-

sence d'un trône et d'une société qui s'écroulent,
le rire, nous l'avouons, nous paraît un anachro-
nisme, et nous avons peine à pardonner aux
rieurs, quelle que soit l'intention qui les anime.
Loin de nous amuser, ce persiflage intempestif
nous attriste, surtout quand nous songeons qu'il
ne prévint ni aucun malheur ni aucun crime.
Telum imbelle sine ictu.

De plus, à la distance où nous sommes des
événements, les *Actes des Apôtres* ont perdu
singulièrement du piquant qu'ils ont pu avoir en
1789; chaque page pour ainsi dire renferme des
allusions qui sont presque inintelligibles aujour-
d'hui. On lira néanmoins avec intérêt quelques
extraits destinés à donner une idée à peu près
exacte d'une œuvre qui eut alors tant de retentissement :

« Louis était, il y a six mois, le maître de
» vingt-quatre millions de sujets; aujourd'hui il

» est le seul sujet de vingt-quatre millions de
» rois. Reste à savoir comment cette nation de
» potentats posera les limites de tant d'empires
» et comment le sujet pourra obéir à tous ses
» souverains. »

—« La révolution française n'est qu'une agré-
» gation de suicides. Le roi s'est tué lui-même ;
» le parlement s'est tué lui-même ; le clergé s'est
» tué lui-même ; la noblesse s'est tuée elle-
» même ; les états-généraux se sont tués eux-
» mêmes ; encore quelques jours, et l'assemblée
» se tuera elle-même. »

« *Découverte d'une nouvelle mine d'assignats.*
» — Dans une société à tribune, un chimiste
» dissertait à fond sur les immenses richesses
» des mines du royaume. Le déluge était entré
» comme de raison dans sa dissertation, puisque,
» selon lui et même selon d'autres, le boulever-
» sement du globe avait enfoui dans le sein de

» la terre les trésors qu'il proposait d'en retirer.
» L'orateur était long et diffus. Un citoyen *actif*
» et pressé qui n'aime que les résultats, s'appro-
» che d'un paisible écouteur de la savante dis-
» sertation, et le prie de lui donner en peu de
» mots le produit net des idées du prédicateur.
» Les voici : la France est pauvre à sa superficie,
» elle est riche dans ses entrailles. Monsieur pro-
» pose de mettre tout sens dessus dessous pour
» nous rendre tous opulents. — C'est bon, ré-
» pondit le questionneur ; nous y travaillerons.
» — C'était un de nos législateurs profonds et
» de bonne foi.... La scène se passait en 1789 ;
» le chimiste s'appelait Hassenfratz ; il avait rai-
» son et le questionneur n'avait pas tort. »

*Dénonciation du citoyen Brandibras de Taille-
Enclume à l'Assemblée nationale.* 1º « Je vous
» dénonce généralement tous les cultivateurs et
» habitants de la Flandre française et de l'Artois
» qui ne veulent pas pour un diable convenir

» qu'ils sont extrêmement heureux et libres. et
» redemandent honteusement leurs vieux fers.
» 2° Je vous dénonce une partie des gros fer-
» miers de ces mêmes ci-devant provinces qui
» ont eu l'insolence de donner à leurs mâtins,
» dogues et chiens de cour des noms de lé-
» gislateurs. Il n'est pas de village où l'on
» n'entende crier : Holà, Mirabeau ! ici, Bar-
» nave ! à moi, Lameth ! On se retourne respec-
» tueusement et on est tout étonné de ne voir
» qu'un animal hideux sur lequel encore on fait
» agir le bâton. 3° Je vous dénonce pour la mil-
» lième fois les aristocrates qui recommencent
» à faire incendier leurs châteaux et leurs ar-
» chives; car il est très-certain qu'ils ne le font
» que pour n'avoir plus rien qui les attache chez
» eux et pour se réunir en désespérés contre
» notre bienheureuse Constitution. »

*Avis secret donné à MM. les quinze à qua-
rante-cinq entrepreneurs des* ACTES DES APÔTRES.

« Une conspiration horrible se prépare. Les plus
» terribles aristocrates, tant fugitifs que ruinés,
» tant prêtres que princes du sang, doivent se
» rassembler au bal de l'Opéra, dans la nuit du
» mardi-gras. Là, pour mieux exécuter leurs
» affreux desseins, ils doivent tous prendre la
» forme, les traits et la voix des vrais défen-
» seurs de la patrie. Un aristocrate bel esprit
» doit se masquer en duc d'Aiguillon ; le plus
» humain de la bande se masquera en Bar-
» nave ([43]) ; le plus vertueux, en Mirabeau ([44]) ;
» le plus savant, en Montmorency ; le plus ai-
» mable, en duc de Luynes ; le moins tranchant,
» en Guillotin ; le plus fier, en Robespierre ([45]) ;
» le plus joli cavalier de l'aristocratie se défi-
» gurera en Gouy d'Arcy ; un homme superbe
» s'anéantira en duc d'Aumont, et, pour tout
» dire, enfin, une femme charmante doit con-
» trefaire Mme Staël. Quel citoyen ne sera pas
» la dupe de pareils déguisements !..... »

A propos du mauvais temps qu'il fit le jour de la
Fédération.

Toujours de l'eau! quel temps maudit!
Disait, au Champ de Mars, Damis le démocrate;
C'est fait exprès; je l'avais bien prédit
Que le Père éternel était aristocrate.

Couplet d'une chanson sur les assignats.

Ah! le bon billet qu'a La Châtre,
Disait Ninon d'un air folâtre,
Dans ses ébats;
Gardez-vous, détracteurs frivoles,
D'appliquer jamais ces paroles
Aux assignats.

Epigramme contre Target, qui, comme Mirabeau,
était toujours sur la sellette.

Dans le fauteuil académique,
Monsieur Target dogmatisait;
Entre les deux est chu le bon apôtre.
Or, voici comment advint le cas:
Le bon goût tira l'un, le bon sens tira l'autre;
Voilà Monsieur Target à bas [46].

Extrait d'une pièce de vers intitulée : LE NOUVEAU CADMUS, *qui est comme une revue de la presse.*

Viens çà, portier, viens que je te désigne
Tous mes journaux, mes cent papiers divers
Qu'entre tes mains aujourd'hui je consigne.
Tu retiendras et le discret Garat,
Et son héros, le sage Robespierre ;
Le doux Camille et le tendre Marat ;
La *Sentinelle,* à la voix forte et fière ;
Le *Point du jour,* qui vient midi sonnant ;
Le *Postillon,* qu'on apporte en courant ;
Le *Moniteur,* à la marche plus lente,
De l'Assemblée, image très-parlante ;
Et son rival, l'éloquent *Biauzat,*
Qui narre tout en bon *auvergniat ;*
Et le journal si plein de bonhomie
De Mirabeau, Clavière et compagnie ;
Et mons Prudhomme en arguments si fort ;
Mercier, enfin, et La Harpe et Champfort,
Mercier, Champfort et La Harpe et Prudhomme,
Grands écrivains que tout Paris renomme ;
Champfort, Prudhomme et La Harpe et Mercier,
Vous passerez le jour chez mon portier (47).

Voilà sans doute de l'esprit d'assez bon aloi, et quoique nous n'aimions pas assurément à voir

des noms pour la plupart illustrés voués au ridicule, nous ne pouvons nous empêcher de reconnaître, qu'en général, il y a là une fine et spirituelle ironie et une foule de traits heureux où le
bon goût n'a rien à reprendre (⁴⁸) ; mais il n'en
est pas toujours ainsi ; les rédacteurs des *Actes
des Apôtres* abusent des jeux de mots; ils se
plaisent surtout à jouer sur les noms de certains
députés qu'ils arrangent de manière à produire
des effets comiques ou bizarres. Dans le compte-
rendu d'une réunion qui a eu lieu chez Théroigne de Méricourt, l'immonde héroïne du parti
démagogique , on lit : « M. *Bazin* a été chargé
» de réclamer contre le traité de commerce fait
» avec l'Angleterre, et M. *Bonnet* opinera en
» faveur de la motion. M. *Bandit* demande l'abo-
» lition de la maréchaussée. M. *Brocheton,* que
» par ses caresses Mˡˡᵉ Théroigne tâchait d'en-
» gager à se joindre à eux, ne s'est pas laissé
» prendre à l'hameçon et s'est tiré d'affaire en
» nageant entre deux eaux, etc. »

Et dans une parodie de la grande scène de la
Mort de César, où Mirabeau déroule ses projets
à son collègue Populus :

> Je délègue à *Lasnon* l'empire des prairies ;
> *Collinet* des moutons règlera les destins ;
> *Bouillotte* aura les jeux, et *Grégoire* les vins ;
> *Fricot* présidera toujours à ma cuisine, etc.

Ailleurs l'assemblée agite la question de savoir
comment on nommera la machine inventée par
le député Guillotin. Quelques membres sont d'a-
vis que M. Guillotin *a un peu trop tranché dans
le vif.* D'autres ne veulent pas de la dénomina-
tion *douce et coulante* de guillotine; ils préfére-
raient le nom de l'un des présidents de l'assemblée, et ils proposent de choisir entre *M. Coupé*
et *M. Tuant.* Quelqu'un met en avant le nom de
M. de Sabran ; mais on fait observer que sa man-
suétude pastorale ne lui permettrait pas d'accepter cet honneur..... En vérité il faut avoir au
plus haut degré la manie de rire de tout pour
faire d'un si affreux instrument un sujet de plai-

santerie. Un journal intitulé le *Journal des Rieurs*
ou *le Démocrite français* avait pris pour épigraphe : *Rire de tout c'est ma folie.* Cette épigraphe
eût bien convenu aux *Actes des Apôtres.*

A côté de ces puérilités de mauvais goût ,
entremêlées de grossièretés et de violences de
langage qui rappellent presque le père Duchesne
et choquent profondément dans un journal destiné surtout à un public d'élite, on rencontre
quelquefois des morceaux sérieux qui semblent
empruntés au *Journal politique national* , d'excellentes pages d'histoire , des dissertations philosophiques et politiques qu'on est tout étonné
de trouver en pareille compagnie. Un des passages qui nous ont le plus frappé, c'est celui où J-J.
Rousseau apparaît au milieu de l'assemblée et
juge son œuvre. Cette image est pleine de grandeur, et l'auteur s'élève presqu'à l'éloquence.

Enfin, on remarque que certains membres du

côté droit et le côté droit lui-même ne sont pas
épargnés, témoin ces deux épigrammes, l'une
contre l'abbé Maury ([49]) qui hélas ! n'était que
trop vulnérable, et l'autre contre l'assemblée :

> Du Dieu qui le fait vivre
> Maury défend les droits ;
> Mieux qu'il ne peut les suivre ,
> Il exalte ses lois.

> Dans l'auguste assemblée , il est sûr que tout cloche ;
> La raison ? chacun l'aperçoit :
> Le côté droit est toujours gauche ,
> Et le gauche n'est jamais droit.

Quand on veut s'assurer la victoire, on ne
tire pas ainsi sur ses troupes ; c'est trop sacrifier
au plaisir de lancer un bon mot.

Ce singulier mélange des choses les plus dis-
parates, qui frappe dans les *Actes des Apôtres*,
est comme une image fidèle de l'esprit du siècle ;
et ce qui complète malheureusement la ressemblance, c'est que les mystères et les pratiques de
la religion y sont parfois tournés en dérision,

comme dans le morceau de *La voix du temps ;* c'est
que les lois de la morale et de la pudeur n'y sont
que trop souvent foulées aux pieds. On s'y heurte
à chaque pas contre des obscénités dignes de
l'Arétin. Quel que soit le désir que nous ayons
de montrer jusqu'où allait le dévergondage de la
presse et la corruption des classes les plus let-
trées et les plus polies, nous nous garderions bien
d'en salir notre plume, et par respect pour nous-
même et par respect pour ceux qui nous liront.

Et de si déplorables exemples étaient donnés
par des hommes qui se posaient en défenseurs
des principes primordiaux de l'ordre social ! Ils
voulaient opposer une barrière à la démagogie,
et ils dépassaient, les insensés, en immoralité,
ceux-mêmes qu'ils combattaient ! Ils étaient les
premiers à changer la liberté en *libertinage*, éta-
lant au plus grand jour de la publicité, dans un
journal qui se vendait au coin des rues, des tur-
pitudes que jusque-là les imaginations déréglées

étaient obligées d'aller chercher dans des livres
clandestins !

Vers le même temps, un homme qui, comme
Rivarol, avait brillé par son esprit dans les salons les plus aristocratiques, et qui, en 1768,
avait eu l'honneur d'être commis à l'instruction
du dauphin, Carloman de Rulhières, éloigné par
un lâche égoïsme des luttes politiques, et retiré
à la campagne pour se mettre à l'abri de la tempête, ne trouvait rien de mieux à faire, en face
de l'éruption d'un volcan dont la lave devait couvrir l'univers, que de disputer à La Fontaine et
à Grécourt, dans des contes érotiques, la palme
de l'impureté ! Sourd aux plus terribles ensei-
gnements, il s'amusait à raviver et à perpétuer,
par des peintures lubriques, le souvenir des scandales éclatants, des orgies et des débauches sans
nom qui avaient fait déborder le vase de la colère
divine, consacrant ainsi à une œuvre infâme les
derniers restes d'un talent que réclamait en vain

la défense des intérêts les plus sacrés ! — Quel
siècle ! Quelle société ! Détournons les yeux de ce
triste spectacle, quelque instructif qu'il puisse
être ; à la vue de tant d'indignités et de tant
d'aveuglement, on se sent combattu entre le dégoût et la pitié !

Tous les auteurs des *Actes des Apôtres* ayant
gardé l'anonyme, nous ne pouvons déterminer
exactement la part qui revient à Rivarol dans leur
rédaction, soit en bien, soit en mal ; mais, quand
même on admettrait, malgré le relâchement de
ses mœurs, qu'il fût resté personnellement étranger à tout ce que la morale y réprouve, il n'en
aurait pas moins assumé une grave responsabilité, en s'associant à de pareils écarts, et en souf-
rant qu'une si fâcheuse direction fut imprimée à
un journal qu'il avait tant contribué à populariser ([50]).

On a prétendu que la cour avait acheté l'appui

de Rivarol , comme elle acheta plus tard celui de
Mirabeau , dont il disait : « Ce Mirabeau est capa-
» ble de tout pour de l'argent, même d'une bonne
» action ([51]) ». Cette assertion , qui tendrait à rabaisser le caractère de Rivarol , étant complètement dénuée de preuve , nous sommes d'autant
plus disposé à l'attribuer à la malveillance , que
Rivarol se déclara énergiquement contre la révolution , à une époque où la cour , pleine d'illusions, s'endormait dans une trompeuse sécurité
et ne songeait guère à acheter des appuis dont
elle ne croyait pas avoir besoin.

Ce qu'il y a de certain , c'est que la renommée de Rivarol ne tarda pas à arriver jusqu'à
Louis xvi , et que ce prince exprima le désir de
le voir. M. de Malesherbes , ami fidèle de cette
royauté que vainement il avait voulu , de concert
avec Turgot , préserver de l'orage par des réformes réalisées en temps opportun , mais qu'il sou-
tiendra jusqu'à la fin au péril de ses jours, M. de

Malesherbes fut chargé de préparer l'entrevue.
Rivarol reçut avec les témoignages du plus profond respect ce vieillard vénérable-dont le front
était entouré d'une auréole de vertu et que devait
bientôt immortaliser le plus noble dévouement.
« Le roi, lui dit M. de Malesherbes, plein d'estime
» pour vos talents, désire vous entretenir pour
» avoir votre avis dans les circonstances difficiles
» où se trouve l'Etat ». « Monsieur , lui répondit
» Rivarol, le roi n'a peut-être déjà eu que trop de
« conseils ; je n'en ai qu'un à lui donner ; s'il veut
» régner , *il est temps qu'il fasse le roi ; sans*
» *cela, plus de roi* » ; et il s'empressa de se rendre à l'appel de Louis xvi qui l'accueillit avec sa
bonté accoutumée. Il ne lui déguisa en rien la
vérité ; il le rappelle ainsi lui-même dans un article du *Journal politique national :* « Une voix
» peu connue , mais sûre, mit inutilement sous
» les yeux du roi le tableau du présent et de l'ave-
» nir ; on avait trop dissimulé à ce prince la vé-
» ritable situation ; la souveraineté était de fait

» suspendue, et il y avait interrègne sans qu'il
» s'en doutât ». Il chercha à lui démontrer que
le salut de la monarchie dépendait surtout de sa
fermeté ; que l'intérêt général commandait à celui
qui avait le pénible mais glorieux fardeau du gouvernement d'une grande nation, de ne pas reculer au besoin devant un excès d'autorité, pour réprimer les menées des factieux ; que le maintien
de l'ordre était le premier devoir d'un souverain ;
que les conséquences de la faiblesse chez les rois
avaient une tout autre portée pour le malheur
des peuples que celles d'un despotisme passager,
et qu'un pouvoir avili et désarmé était incapable
de remplir sa mission tutélaire qui consistait par-
dessus tout à rassurer les bons et à faire trembler
les méchants ; puis il lui répéta sans hésiter ce
qu'il avait dit à M. de Malesherbes. Louis xvi
l'écouta avec attention, et se borna à lui répondre qu'il aviserait ; mais il était trop timide et
trop irrésolu pour goûter de tels conseils, et surtout pour les mettre à profit. Du reste, au point

où les choses étaient arrivées, l'efficacité de ces conseils était très-problématique ; le moment où ils auraient pu sauver la monarchie était déjà loin. Au milieu des ruines d'un monde qui avait à jamais disparu, et de ce chaos des idées nouvelles où il était comme un nautonier sans boussole lancé sur une mer inconnue, eût-il eu, comme par une soudaine métamorphose, la fermeté de caractère, la promptitude de décision, le génie enfin qui lui manquaient, Louis XVI aurait été alors impuissant à conjurer les dangers d'un changement si brusque et si radical. Il eût fallu préparer depuis longtemps cette transition nécessaire, pour être maître de diriger les événements et pour ne pas être accablé sous le poids des difficultés.

Rivarol vit aussi Marie-Antoinette qui avait toute la magnanimité et toute l'énergie d'une digne fille de Marie-Thérèse, « le seul homme, » disait Mirabeau, que Louis XVI eût auprès de » lui ». Elle comprit mieux que son royal époux le langage de Rivarol ; mais, dans de si graves conjonctures, que pouvait une femme, malgré toute la virilité de son courage ? Affermir, par sa noble contenance, la fidélité de quelques serviteurs dévoués ; ranimer, autour d'elle, le zèle de quelques cœurs chancelants au milieu de l'affaissement général ; puis, quand la royauté aura été définitivement vaincue, quand son arrêt aura été prononcé, élever son âme au-dessus de l'adversité dans ces régions sereines où les humiliations et les outrages ne peuvent l'atteindre ; conserver, jusqu'au sein du plus profond abaissement, une majesté vraiment royale ; ennoblir la chute du trône par une grandeur et une dignité presque surnaturelles ; accepter, victime innocente, l'opprobre du dernier supplice comme une de ces expiations mystérieuses dont la Providence a seule le secret, et le subir en reine, tel était le seul rôle auquel elle pût prétendre, et la manière dont elle le remplit excitera l'admiration de la postérité la plus reculée.

Il ne résulta de ces deux entretiens qu'un re-
doublement d'ardeur de la part de Rivarol pour
la défense d'une cause dont les plus augustes
représentants venaient de lui donner une telle
marque d'estime et de confiance ; c'était le privilége de Marie-Antoinette d'inspirer l'enthousiasme et le dévouement à tous ceux qui l'appro-
chaient.

Cependant, l'horizon s'assombrissait de plus
en plus ; la révolution suivait son cours comme
un torrent impétueux, emportant toutes les di-
gues, renversant tous les obstacles. L'assemblée
législative, formée tout entière d'éléments nouveaux où dominaient les tendances républicaines, avait remplacé l'assemblée constituante. Les
troubles religieux nés de la constitution civile du
clergé étaient venus se joindre aux dissensions
politiques, pour agiter et désoler le pays. On ne
voyait plus sur le trône et autour du trône,
qu'un vain simulacre d'autorité. L'armée, démo-

ralisée par des prédications anarchiques, foulait aux pieds les lois de la discipline. La violence des clubs en qui résidait toute la puissance publique, qui exerçaient de fait la souveraineté, ne connaissait plus de bornes. Tout annonçait la fin de la monarchie et l'approche du règne de la terreur. On était en proie, de tous côtés, aux plus sinistres pressentiments. Rivarol, dont les incartades pleines de verve irritaient les partis hostiles, fut averti que des menaces de mort avaient été proférées contre lui, dans le club des Cordeliers, que présidaient Danton et Camille Desmoulins. Les nouvelles inimitiés que lui avait suscitées sa polémique s'ajoutaient aux inimitiés anciennes que lui avaient valu ses pamphlets littéraires. Parmi les notabilités de la révolution figuraient plusieurs des hommes qu'il avait impitoyablement persiflés dans son *Petit Alma-. nach*, et il était à craindre que, sous prétexte de la venger des attaques incessantes de Rivarol, ils ne vengeassent leur amour-propre d'écrivain

des blessures qu'il avait reçues de lui, et ne
missent beaucoup d'ardeur à le poursuivre. Rivarol comprenait le danger de la situation ; il
disait avec ce ton de gaîté qui ne l'abandonnait
jamais : « Si la révolution s'était faite sous
» Louis xiv, Cotin eût fait pendre Boileau, et
» Pradon n'eût pas manqué Racine ; en émigrant,
» j'échapperai à quelques jacobins de mon *Petit*
» *Almanach des Grands Hommes* ». Il avait raison de redouter les Cotins et les Pradons révolutionnaires ; rien n'est implacable comme la
vanité blessée, surtout quand elle peut se couvrir d'un masque qui dissimule son véritable
mobile ([52]). Pour se mettre à l'abri de leurs
coups, il essaya de sortir de France, après s'être
tenu caché pendant quelque temps. Sa première
tentative ne fut pas heureuse ; reconnu dans sa
fuite, il fut arrêté ; il raconte lui-même son arrestation dans une lettre très-plaisante. Une seconde
tentative réussit mieux ; il parvint à gagner la
Belgique, et il se réfugia à Bruxelles.

Nous allons le suivre sur la terre d'exil où il devait chaque jour rencontrer de nouveaux compagnons d'infortune chassés comme lui par l'orage loin d'une patrie bien-aimée.

TROISIÈME PARTIE.

—

RIVAROL PENDANT L'ÉMIGRATION.

La lamentable catastrophe du 10 août vint bientôt consommer la perte de l'infortuné Louis xvi. La prison du Temple était pour le roi-martyr qui, à dater de ce jour, se montra vraiment grand en poussant la résignation jusqu'à l'héroïsme, comme la dernière station avant d'arriver au calvaire; il touchait au terme sanglant de sa douloureuse passion.

Rivarol prit en main la défense du royal captif.
Une légitime indignation lui dicta ses lettres au
duc de Brunswick et à la noblesse française ([53]) ;
il fit un appel chaleureux à cette noblesse dont
l'émigration en masse fut si funeste à la royauté,
en la privant, d'une part, de ses plus fermes
soutiens, en la rendant, de l'autre, solidaire de
l'alliance ouverte de ses plus chauds partisans
avec l'étranger, et en achevant par là de la dé-
populariser ([54]).

La coalition, qui ne voulait, en réalité, que
l'abaissement et la ruine de la France, entrait
alors en Champagne. Les cabinets européens ne
s'étaient émus que lorsqu'ils avaient commencé
à craindre pour eux-mêmes. C'était le premier
acte d'une longue série de combats qui allait se
dérouler aux regards du monde, couvrant la
France nouvelle d'une gloire immense, assurant
parmi nous le triomphe définitif des principes
de 89 dégagés de tout alliage impur et en ré-

pandant le germe dans presque toute l'Europe. L'habileté de Dumouriez sut paralyser les forces alliées. Peu de temps après, la victoire de Jemmapes, remportée par une armée misérable et indisciplinée, devenue tout-à-coup redoutable, sous l'impulsion du patriotisme, amenait la conquête de toute la Belgique.

Rivarol fut obligé de chercher un refuge à Londres. Il y fut parfaitement accueilli par Burke, qui professait une vive admiration pour son talent de publiciste. C'est là qu'il apprit que Lafayette, destitué, décrété d'accusation, avait été forcé de fuir, qu'il était tombé entre les mains d'un poste autrichien en allant demander un asile à ses amis de Hollande, et qu'il subissait une dure captivité dans les cachots de l'Autriche. Rivarol partageait les sentiments de tous les émigrés qui ne pouvaient pardonner à ce général la grande part qu'il avait prise à la révolution. Lafayette était proscrit et prisonnier.

Cette double infortune aurait dû désarmer leur
haine, ou du moins lui imposer silence pour un
temps. Rivarol, aigri par l'exil, eut le tort de
choisir ce moment pour publier contre lui, sans
respecter les droits du malheur, un libelle très-
violent, sous le titre de : *Vie de M. de Lafayette.*
Il ne l'appelait habituellement que le général
Morphée, par allusion à ce qui s'était passé dans
la nuit du 6 octobre, où, après vingt heures de
fatigue, cédant au besoin de prendre un peu de
repos, trompé d'ailleurs par des rapports men-
songers qui l'avaient rassuré sur la situation,
Lafayette s'éloigna du palais confié à sa garde
pour réparer ses forces épuisées ; repos fatal,
qui eut de si terribles conséquences ! Il lui reproche ce sommeil comme un crime ; l'histoire
impartiale ne peut le lui reprocher que comme
une faute. On a sans doute de la peine à s'expliquer sa sécurité au milieu d'une horde de
cannibales qui, la veille, avaient assez manifesté
leurs affreux desseins et assez montré ce qu'ils

étaient capables de faire, pour qu'il eût dû apprendre à les connaître et ne jamais cesser de veiller sur eux ; une confiance si peu justifiée mérite, sans contredit, un blâme sévère ; tout lui faisait un devoir de mourir de lassitude à son poste plutôt que de le quitter un seul instant pour aller se reposer ; mais sa noble conduite, dans la matinée du 6 octobre, le met au-dessus de tout soupçon de complicité.

Lafayette était un esprit chimérique ; il avait rêvé un trône environné d'institutions républicaines, et, malgré les premiers excès de la révolution, qui auraient dû suffire pour l'éclairer, il se fit trop longtemps illusion sur la possibilité de réaliser ce rêve ; ce qui donna quelque chose d'indécis à sa position politique. Ses facultés étaient loin d'être à la hauteur du rôle qu'il devait au prestige dont l'avaient entouré ses campagnes d'Amérique, vues à travers le prisme de l'éloignement et rehaussées par la nouveauté du

théâtre. « Il prenait, dit un historien, dans tous
» les événements, le côté le plus matériel, et,
» dans les délibérations, le côté le plus théori-
» que, sans s'apercevoir de cette contradiction,
» sans se mettre en peine de la portée de ses
» actes et de la pratique de ses idées ». Il con-
tribua beaucoup à faire adopter la déclaration
des droits de l'homme ; il regardait comme une
panacée universelle cette élucubration métaphysique qu'un peuple né d'hier eût pu tout au plus
accepter pour le frontispice de sa constitution,
mais qui ne pouvait convenir à une monarchie
de quatorze siècles, « dans laquelle, disait plai-
» samment Rivarol, on trouverait difficilement,
» en cherchant bien, un seul homme à l'état de
» pure nature ». Enfin il se laissa enivrer par la
popularité, au point d'être aveuglé sur les dangers les plus évidents.

Mais ses intentions furent toujours droites ;
à une bonté sans égale et à un profond amour

de l'humanité, il joignait une loyauté à toute
épreuve; s'il fut quelquefois entraîné trop loin
par l'ardeur avec laquelle il s'était dévoué à la
cause démocratique, il ne trempa dans aucun
complot, il ne se souilla d'aucun forfait. Comme
le bonhomme Broussel, un des héros de la
Fronde, il eut souvent l'air de guider la révolution, tandis qu'il était mené par elle et qu'il ne
faisait que la suivre, marchant sans s'en douter
à un abîme que lui cachaient les songes d'une
imagination exaltée par le spectacle de la liberté
américaine; ce qui trompa l'opinion sur l'importance et l'étendue de son action personnelle. En
réalité, des factieux, plus habiles que lui, ex-
ploitèrent à leur profit l'influence de son nom.

Quand le 20 juin lui eut dessillé les yeux, il
n'hésita pas à paraître seul à la barre de l'Assemblée législative pour demander, au nom de
l'armée qu'il commandait, qu'on punit les insti-
gateurs de l'attentat commis contre l'autorité

royale dans cette horrible journée, et qu'on garantit par des mesures énergiques la constitution,
la liberté de l'assemblée et celle du roi. La postérité doit lui tenir compte de cette courageuse
démarche et des efforts qu'il fit pour arracher
Louis XVI à la faction des Jacobins. S'il eût con-
spiré la perte de la royauté, il n'aurait pas ainsi
bravé la fureur du parti démagogique qui était
déjà tout-puissant, sacrifié sa popularité et exposé sa tête, pour prêter son appui à cette
royauté, dans un moment où les passions populaires étaient si vivement surexcitées. De grandes
erreurs de jugement, de déplorables faiblesses
de caractère pèseront toujours sur sa mémoire;
mais en poursuivant son idéal, il n'eut jamais
des pensées criminelles; il ne s'associa jamais
sciemment à de coupables desseins. Rivarol a
donc été injuste envers lui en le présentant sous
un jour odieux.

Il y a, au milieu de ce débordement d'invec-

tives, quelques-uns de ces éclairs qui illuminent
tout ce qui sort de la plume de Rivarol. A propos
de l'émotion produite par le départ du roi et par
son arrestation à Varennes : « Je ne ferai, dit-
» il, qu'une réflexion, c'est combien le roi est
» nécessaire aux Français ; objet de haine ou
» d'amour, de respect ou d'outrage, il en faut
» un. Voyez Louis XVI dans cette révolution si
» républicaine ; il parait un obstacle à tout. Dis-
» parait-il ? tout est perdu. Ainsi les blasphèmes
» et les adorations des hommes attestent égale-
» ment un Dieu. » Ces paroles rappellent celles
de Shakespeare dans *Hamlet* : « Un crime fait-
» il disparaître la majesté royale ? à la place
» qu'elle occupait, il se forme un gouffre ef-
» froyable et tout ce qui l'environne s'y préci-
» pite. »

. Parlant des malheurs de Louis XVI, Rivarol
s'écrie : « Pourquoi dans les révolutions d'un
» empire, donne-t-on d'abord tant de larmes

» aux premiers malheurs du prince? C'est que
» dans sa personne les premiers coups du mal-
» heur outragent et renversent d'abord la puis-
» sance et la majesté. Si la fortune s'obstine,
» ses dernières rigueurs ne tombent plus que sur
» la triste humanité. Il en est de la personne
» des rois comme des statues des dieux. Les
» premiers coups portent sur le dieu même ;
» les derniers ne frappent que sur un marbre
» défiguré.»

Rivarol ne se montra pas plus juste envers
Mme Staël qu'envers le général Lafayette, sous
l'inspiration des mêmes rancunes. Il écrivit une
lettre pleine de sarcasmes sur son dernier ouvrage intitulé de l'*Influence des passions.* L'illustre fille de Necker avait salué avec le plus grand
enthousiasme la révolution de 1789 qui lui était
d'abord apparue, dans ses rêves d'avenir, pure
de tout excès et féconde en bienfaits sans mélange ; mais cet enthousiasme fit bientôt place

au plus amer désenchantement, et quand ses plus chères espérances furent évanouies, quand le génie du mal l'eut emporté sur le génie du bien, accablée de douleur, elle se hâta de fuir loin du théâtre de tant de folies et de tant de crimes, en maudissant les odieux attentats qui déshonoraient cette sainte cause de la liberté qu'elle avait si sincèrement aimée et si ardemment embrassée. Elle trouva dans son cœur de femme et de mère, en faveur de Marie-Antoinette, un admirable plaidoyer où respiraient toute la noblesse et toute l'élévation de ses sentiments; elle fit entendre des accents si touchants qu'elle aurait infailliblement attendri les juges ou plutôt les bourreaux de cette auguste victime, s'ils avaient conservé quelque chose d'humain. Une si belle manifestation aurait dû faire taire les inimitiés et les préventions dont elle était l'objet dans le camp de l'émigration. C'est avec peine qu'on voit Rivarol continuer contre elle les attaques commencées dans les *Actes des Apôtres*.

Le livre de l'*Influence des passions* n'est pas
ce que Mme Staël a fait de plus remarquable ;
mais il porte l'empreinte d'une âme vive, généreuse que les événements ont profondément re-
muée et qui, après tant de commotions violentes,
s'est repliée en elle-même pour méditer sur ces
forces mystérieuses qu'elle a vues déchaînées
autour d'elle. Sans doute il renferme quelques
jugements hasardés qui ont échappé à la jeunesse de l'auteur, et des expressions qui auraient eu besoin d'être adoucies ; mais d'une
part, les passions y sont parfaitement analysées ;
de l'autre, leur puissance et les maux qu'elles
entraînent y sont peints en traits de feu et avec
beaucoup de vérité. Ce qui manque à tous ces
tableaux, c'est cette lumière de la foi chrétienne
qu'on ne retrouve que dans les derniers écrits
de Mme Staël.

En critiquant cet ouvrage avec le ton railleur
qui lui est familier, Rivarol, égaré par l'esprit

de parti, va jusqu'à refuser le don du talent à
cette femme supérieure qui mêlait à une si brillante imagination une raison si fine et si profonde.

Il fait du reste à cette occasion un parallèle
très-ingénieux entre l'esprit et le talent : « Celui,
» dit-il, dont les idées sortent des routes com-
» munes, qui joint l'extraordinaire à la rapidité,
» celui qui, en un mot, déplace les idées de ceux
» qui l'écoutent, et leur communique ses mou-
» vements, celui-là passe pour avoir de l'esprit,
» que ses idées soient justes ou non, exprimées
» avec goût ou sans goût, n'importe ; il a remué
» ses auditeurs ; il a de l'esprit. Qu'un homme
» exprime ses idées ou celles d'autrui avec force,
» avec grâce, avec déduction ; qu'il dise des cho-
» ses communes, si l'on veut ; mais qu'en les
» disant, il les pare du charme de l'expression,
» il aura du talent en vers comme en prose. Il y
» a généralement plus d'esprit que de talent en
» ce monde. La société fourmille de gens d'esprit

» qui n'ont pas de talent...... Le talent est ce
» qui donne aux idées l'éclat et la vie ».

Les vicissitudes de l'exil amenèrent Rivarol à
Hambourg en 1796, et il s'y fixa pendant plusieurs années. Hambourg renfermait un grand
nombre de réfugiés français ; parmi eux se trouvait l'abbé Delille que Rivarol avait critiqué avec
tant d'amertume et qui, grandissant tout-à-coup
au sein de la tourmente révolutionnaire, avait
atteint les plus sublimes hauteurs de la poésie,
en peignant l'effrayante immortalité du coupable
et l'immortalité si consolante de l'homme de bien.
Le malheur rapprocha les deux exilés ; ils appri-
rent bientôt à s'estimer et à s'aimer ; Rivarol
n'appelait plus Delille que l'abbé *Virgile*. Il ne
tarda pas à devenir le centre d'une société choi-
sie ; il ne fut pas moins recherché sur la terre
étrangère qu'il l'avait été à Paris dans des temps
plus heureux. Il avait formé une sorte d'atelier
littéraire dont il était l'âme, pour se créer quel-

ques ressources qu'il partageait noblement et de
la manière la plus délicate avec plusieurs de ses
compatriotes proscrits comme lui : « Ils croient
» m'être fort utiles , disait-il , et je le leur laisse
» croire ». C'est de là que sortaient les articles
les plus saillants du *Spectateur du Nord*. Il prit
aussi des arrangements avec un libraire de Hambourg pour la composition d'un nouveau dictionnaire de la langue française, dont le plan était
depuis longtemps arrêté dans son esprit.

Un de ses contemporains raconte au sujet de
ce dictionnaire une anecdote singulière qui peint
bien le caractère de Rivarol et son incurable paresse : « Le terme fixé par le traité pour l'achève-
» ment de l'ouvrage était arrivé , et à peine com-
» mencé, le travail n'avançait pas. Le libraire
» prit le parti d'attirer Rivarol chez lui, l'y en-
» ferma , mit des sentinelles à sa porte et la
» défendit aux *écouteurs*, dont Rivarol aimait
» tant à s'entourer ; en un mot, il le força d'é-

» crire. Rivarol prisonnier lui fournit lentement
» trois ou quatre pages par jour, en faisant l'ap-
» pel de beaucoup de pensées éparses dans son
» portefeuille, ou plutôt dans de petits sacs éti-
» quetés, où il avait coutume de les jeter ; voilà
» comment Rivarol accoucha, au bout de trois
» mois, de son discours préliminaire ».

Une lettre de Rivarol confirme la vérité de
cette anecdote : « Ma paresse, dit-il, a beau me
» faire valoir ses anciens priviléges ; je la traite
» commme une vieille connaissance ; je travaille
» *le plus que je peux*, mais jamais autant que je
» voudrais. Une tarentule qu'on nomme Fauch,
» aussi avide d'une page de texte qu'un chien de
» chasse l'est de la curée, est continuellement à
» ma piste. Mon ami, il faut faire son sillon d'an-
» goisse dans ce bas-monde pour avoir des droits
» dans l'autre ».

Le prospectus de ce nouveau dictionnaire, qui

est resté à l'état de projet, doit faire vivement regretter que la pensée de Rivarol n'ait pas été réalisée ; car il dénote les connaissances philologiques les plus approfondies. Rivarol avait toujours eu un goût très-vif pour l'étude philosophique des langues et de la sienne en particulier, surtout depuis le succès qu'avait obtenu son *Discours sur l'universalité de la langue française.* Le système ingénieux de Leibnitz qui voulait qu'on fît une sorte de carte géographique où les peuples du globe seraient divisés selon les langues, l'avait séduit, et il disait gaîment qu'il entreprendrait la carte de Leibnitz, si on le mettait en prison dans un paradis de Mahomet, sans femmes, en lui assurant la vie d'un patriarche. Il ajoutait plus sérieusement, en revenant avec amour à sa langue maternelle après quelques excursions dans les idiomes étrangers : « Il ne » faut pas donner trop de vêtements à sa pensée ; » il faut, pour ainsi dire, voyager dans les lan- » gues, et après avoir savouré le goût des plus

» célèbres , se renfermer dans la sienne. La mul-
» titude des langues est fatale au génie ». Dès
lors , il avait conçu la première idée de son dictionnaire ; il n'avait cessé de la mûrir à travers
toutes les distractions du monde et de la politique, et les matériaux s'étaient chaque jour accrus
sous sa main. Il avait déjà achevé une nouvelle
théorie grammaticale et recueilli une foule d'observations très-curieuses sur les synonymes, sur
la signification et le classement méthodique des
mots. Son prospectus contient une excellente
critique du dictionnaire de l'Académie Française,
« le seul souverain qu'on eût encore vu avare de
» ses lois. » Il démontre très-bien l'insuffisance
d'un ouvrage dont le cercle trop resserré n'em-
brasse qu'une langue terne, timide et pauvre, co-
piée sur celle des salons du dix-septième siècle ;
et, après en avoir signalé les vices et les lacunes,
il indique d'une manière sommaire comment il
se propose de remédier aux uns et de combler
les autres :

» Avec un esprit médiocrement cultivé, dit-il,
» on y cherche vainement ce qu'on ne sait pas ;
» on n'y trouve même pas ce qu'on sait ; on ne
» l'ouvre pas sans méfiance, on ne le ferme
» guère sans murmure. — Si, d'un côté, le pu-
» blic n'exige dans un dictionnaire de la langue
» que la quantité des noms et des termes tech-
» niques qui suffisent aux besoins de la vie, il
» lui faut, de l'autre, la totalité des mots et le
» recueil toujours croissant des expressions qui
» rendent les opérations de l'esprit et les mouve-
» ments du cœur. Il lui faut la totalité de ces
» mots abstraits et collectifs à la fois, qui fon-
» dent la théorie de nos diverses connaissances ;
» artifice admirable par lequel l'homme se pro-
» portionne à l'universalité des choses et aug-
» mente les forces de l'esprit, en diminuant le
» fardeau de la mémoire. — Un répertoire du
» langage n'est pas le dépôt des sciences, mais
» il en est la clef, mais il en est le lien. Il pré-
» pare à cette juste étendue de connaissances,

» qui constitue l'homme dans toutes les condi-
» tions de la vie ; heureux frein de l'imagination,
» trésor de la mémoire, appui du talent, règle
» du style, interprète fidèle et mesure commune
» entre les hommes. — Les mots sont comme les
» monnaies ; ils ont une valeur propre avant
» d'exprimer tous les genres de valeur. — Il y
» a des mots pleins de sel que l'esprit crée au
» besoin et pour le moment, et que le goût ne
» veut pas qu'on déplace. Mme de La Sablière
» appelait La Fontaine son *fablier*, pour faire
» entendre que cet auteur portait des fables
» comme un arbre porte des fruits. De pareils
» mots sont du répertoire de la grâce. La gram-
» maire ne les trouve ni ne les classe dans ses
» registres. »

Il suffit de lire ce prospectus pour être convaincu que, si Rivarol eût mis son projet à exécution, il eût élevé un édifice en rapport avec les
progrès qu'avait faits l'esprit humain vers la fin

du dernier siècle. Les regrets qu'il inspire sont encore augmentés par le *Discours préliminaire sur l'homme intellectuel et moral*, qui était destiné à précéder le dictionnaire. Ce discours devait se composer de trois parties ; nous n'avons que la première, intitulée *De la nature du langage en général* [55] ; c'est la seule qui ait été publiée. Rivarol y a réuni les choses les plus diverses, depuis l'origine et le mécanisme de la parole jusqu'aux plus hautes considérations métaphysiques, politiques et religieuses, sans s'inquiéter beaucoup de les relier entre elles ; mais il y a déployé un talent supérieur. On voit que la maturité de l'âge et les graves événements qui se sont accomplis, ont agrandi son intelligence. Cette magnifique préface est ce qui le recommande le plus à l'estime du monde lettré, malgré des défauts de plan qui sont plus saillants encore peut-être que ceux que nous avons eu à relever dans le *Discours sur l'universalité de la langue française*.

Marie Chénier, qui n'avait pas oublié les torts
que Rivarol s'était donnés envers lui, surtout en
le faisant figurer dans le *Petit Almanach des
Grands Hommes*, a porté sur cette œuvre un
jugement où percent, presque à chaque ligne,
les sentiments qui l'animaient contre l'auteur :

« En voulant traiter, dit-il, de la nature du
» langage en général, Rivarol parcourt ou plu-
» tôt mêle ensemble toutes les questions relati-
» ves à l'analyse de l'entendement ; il est loin
» d'y répandre des lumières nouvelles. A propos
» du *Traité des Sensations*, il parle de l'abon-
» dance de Condillac. Est-ce une critique ? elle
» est injuste. Est-ce un éloge ? il n'est pas mé-
» rité. Condillac est précis, clair et profond ;
» Rivarol est verbeux, obscur et superficiel. Du
» reste, il écrit avec agrément ; si l'on trouve
» *souvent* de la recherche dans son style, on y
» trouve aussi le mouvement, la couleur et le
» ton d'une conversation animée. Mais quand il

» développe, avec une longueur pénible, la série
» des sensations, des idées et du langage, on
» sent un homme de beaucoup d'esprit, qui, par
» malheur, veut enseigner ce qu'il aurait besoin
» d'apprendre. »

Marie Chénier n'est juste, dans ses appréciations, qu'à l'égard du style de Rivarol; et encore, d'une part, le reproche qu'il lui fait d'être
trop apprêté est exagéré [56]; car, à moins qu'on
ne confonde la recherche avec cette richesse
abondante qui, chez lui, coule de source et
qu'aucun écrivain n'eut à un plus haut degré, on
ne l'y rencontre que *rarement;* d'autre part, le
niveau du style de cet ouvrage est bien au-dessus
de celui d'une conversation animée. Rivarol a
une prédilection marquée pour la métaphore; il
aime évidemment à s'en montrer prodigue; mais
ses métaphores sont presque toujours heureuses Il excelle à éclaircir les idées abstraites et à
les rendre sensibles par l'image; personne ne

possède mieux que lui le secret de l'expression,
« ce merveilleux pouvoir des mots, qui sillonne
» si profondément l'attention des hommes en
» ébranlant leur imagination. » Loin d'être verbeux et obscur, il se distingue généralement par
la précision et par la clarté. S'il lui arrive de trop
couvrir sa pensée de broderies, elle ne disparait
jamais sous cet élégant appareil ; elle se dégage
suffisamment pour être bien saisie. Sans doute,
il est quelquefois superficiel, et on le dirait plus
jaloux d'éblouir que de convaincre. Dans certaines parties de son discours, il s'arrête à la
surface et ne pénètre pas plus avant, comme s'il
n'était pas sûr de lui-même, comme s'il avait hâte
de quitter un terrain qui se dérobe sous ses pieds,
passant rapidement d'une idée à peine effleurée à
une autre qu'il n'approfondit pas davantage, et
cherchant à masquer son ignorance ou sa faiblesse par l'agilité de ses mouvements, par la
prestesse de ses évolutions ; mais le plus souvent
il a des vues neuves et lumineuses, des aperçus

d'une finesse remarquable, des traits de maître ;
et même, quand il s'égare ou qu'il tombe dans le
paradoxe, il provoque chez le lecteur les méditations les plus sérieuses ; il excite l'esprit, il
le force à réfléchir, alors qu'il ne le satisfait pas.

« Traiter de la parole, dit-il, c'est parler de
« l'homme ; » et il part de là pour se livrer à une
sorte de dissection des éléments constitutifs de
l'être moral, pour sonder jusqu'aux derniers replis de ses facultés. Il s'attache à prouver que
tout en nous découle du *sentiment*, que le *sentiment* est le principe de nos sensations et de
nos idées ; système qui réalise un progrès dans
la voie du spiritualisme relativement à celui de
Condillac et qui a été soutenu depuis avec un
certain éclat par M. Laromiguière. Il nous montre le *sentiment* exerçant cette puissance d'association « qui passe comme un véritable magné-
» tisme des sensations aux idées et des idées
» aux signes qui les accompagnent, forme la

» chaîne de nos pensées d'un bout de la vie à
» l'autre, lie le monde intellectuel que nous
» portons en nous-mêmes, au monde visible
» dans lequel nous vivons, amène enfin et né-
» cessairement le langage et tous les arts »;
puis, « après avoir uni, divisant, descendant à
» son gré de l'être en général à la matière, de
» la matière aux corps, et des corps au moindre
» individu, et parcourant sans relâche la double
» échelle des abstractions et des collections;
» donnant un nom au néant même, et le faisant
» marcher dans le discours à côté de la créa-
» tion »; concevant le temps et sa mesure, le
temps « rivage de l'esprit devant qui tout passe,
» quand nous croyons que c'est lui qui passe »,
créant les nombres « qui s'appliquent à tout,
» graduent tout, portent l'ordre sur tout, sans
» être le nom et l'idée précise d'aucun objet, et
» constituent dans l'esprit humain une échelle
» intérieure qui rampe et s'élève des fondements
» jusqu'au faîte et conduit d'étage en étage à

» toutes ses divisions, tandis que l'imagination
» avec ses ailes n'aurait fait que voltiger autour
» de l'édifice. »

« C'est au moyen des nombres que notre ad-
» miration pour l'univers, mis par eux à sa
» place, est devenue une admiration vaste et
» raisonnée. Ce n'est plus d'un vague élan, mais
» par degrés comptés que l'homme remonte jus-
» qu'à Dieu. Tout est calcul et froide géométrie
» dans la nature, et pourtant son divin auteur
» a su lui donner un air de poésie. Si le génie
» découvre dans les entrailles du globe ou dans
» l'application des nombres à ses lois, sa vaste
» charpente, les monuments de son antiquité et
» les promesses de sa durée, il ne voit au
» dehors que sa grâce et sa vie, et sa fertile ver-
» dure, et tous les gages de son immortelle jeu-
» nesse. Dieu a caché le squelette humain sous
» la mollesse élastique des chairs, et sous le

» duvet et l'éclat du teint; il nous a appris ainsi
» qu'instruire et plaire étaient inséparables. »

Il y a là incidemment comme une brillante
justification des principes littéraires de Rivarol
qui n'admet jamais le divorce entre le jugement
et l'imagination et qui n'est pas de ceux qui pen-
sent que le style figuré ne convient pas à la sévérité de la métaphysique.

Il décrit admirablement ces deux facultés ainsi
que la mémoire, quand il examine les opérations
habituelles de l'esprit : « La nature, dit-il, mère
» féconde des images, nous prodigue les sensa-
» tions, et le sentiment chargé des trésors qu'il
» reçoit sans ordre et qu'il reproduit de même,
» s'appelle imagination. Ses apparitions et ses
» éclipses sont également indépendantes de nous.
» Fortement émue par les objets, elle n'a que des
» durées sans mesures, des espaces sans échap-
» pées et pour tous nombres, la foule ou l'unité.

» Elle peint et colore comme les Chinois ; ses
» terrasses et ses montagnes sont en l'air. Sou-
» vent aussi dans ses peintures vagabondes, elle
» accouple les habitants de l'air, de la terre et
» des mers, et déplaçant les formes et les pro-
» portions, elle n'enfante que des chimères et
» des monstres. Douce et cruelle tour à tour, sa
» puissance magique oppose le monde qu'elle
» crée au monde qu'elle habite. Sa main fantas-
» tique joue sur tout le clavier des sens, agite et
» mêle les passions et les idées, confondant les
» temps et les distances. C'est par elle enfin que
» les illusions et les réalités se partagent la vie.
» Première étincelle de l'esprit, elle est aussi la
» dernière lueur qu'il jette en s'éteignant ; elle
» survit à la mémoire et au jugement.

» La mémoire est le sentiment devenu pro-
» priétaire des souvenirs de ses propres sensa-
» tions ; il a perdu de sa vivacité, mais il s'est
» acquis un empire auquel il soumet l'imagination

» même, puisqu'il se souvient de ses rêves. La
» mémoire change en lumière douce et continue
» les sensations et les idées qui ne sont d'abord
» que des éclairs. Privée de couleurs et de pin-
» ceaux, elle trace des suites de signes, et ob-
» serve les lointains de l'espace et du temps ; en
» un mot, elle indique tout, mais ne peint rien.
» Une chose digne de remarque, c'est l'entrela-
» cement perpétuel de la mémoire et de l'imagi-
» nation dans les opérations les plus communes
» du sentiment.

» Dès que le sentiment compare, choisit, ad-
» met ou rejette, il est jugement. Quand la
» mémoire lui offre des idées complexes qui de-
» mandent son attention, sa délibération et sa
» maturité, le sentiment alors prend l'attitude
» d'un juge et prononce des décisions qui devien-
» nent pour lui des lois. Mais quand c'est l'ima-
» gination et la mémoire qui ouvrent de concert
» leurs cartons et leurs archives devant lui, lors-

» qu'il s'agit de créer, alors le sentiment, ras-
» semblant toutes ses forces, s'élève et plane sur
» l'objet de ses méditations. C'est de cette hau-
» teur qu'il en saisit l'ensemble, et qu'il rend ces
» arrêts à la fois rapides et profonds, qui sont,
» s'il est permis de le dire, les créances du génie.
« Le jugement est donc la plus haute fonction du
» sentiment; sans lui, l'imagination et la mé-
» moire ne seraient que les avances de la pensée,
» les matériaux de l'édifice sur le chantier. Par
» lui commencent le bon sens, le talent et le
» génie; la plus courte des phrases est un ju-
» gement. »

C'est de ce même chapitre que sont extraites
les définitions de l'esprit et du goût que nous
avons citées plus haut; elles y sont développées
avec un art souple et délicat. On sent que l'auteur
est là dans sa sphère, et qu'il se plaît à caresser
un sujet qu'il connaît si bien. Voici quelques traits
qui compléteront l'esquisse que nous avons déjà

donnée : « Le goût ne se laisse jamais éblouir ;
» il préfère Virgile à Lucain et Racine à Voltaire,
» par la raison qu'il aime mieux les jours et les
» ombres que l'éclat et les taches. — Le goût,
» dans quelques cas bien rares, viole les règles
» comme la conscience les lois, et c'est alors qu'il
» se surpasse lui-même. Placé entre les témérités
» de l'imagination et les timidités du jugement,
» c'est à lui de se défier des offres de l'une et des
» conseils de l'autre. »

Après avoir déterminé toutes les nuances qui
séparent l'esprit, le goût, le talent, le génie,
avec un charme infini et comme en se jouant au
milieu de ces délicatesses de la pensée qui semblent friser de près la subtilité, il ajoute : « On
» peut les comparer aux couleurs du prisme qui,
» pleines et certaines dans leur milieu, sont tou-
» jours un peu équivoques dans les limites où
« elles se touchent et se confondent. » La raison
qui ne diffère du jugement que comme ce qui

« est composé diffère de ce qui est simple » , la
vérité, l'erreur, le rêve, la folie, considérés dans
leurs caractères les plus généraux , sont ensuite
successivement analysés avec beaucoup de péné-
tration.

Dans la section suivante , Rivarol compare
l'homme avec les animaux , et marque les différences essentielles qui le distinguent de ces êtres
« sensibles comme lui au plaisir et à la douleur ,
» comme lui sujets à la mort, et tour à tour ses
» ennemis et ses victimes, ses esclaves, ses com-
» pagnons et ses amis ». Il y répand à pleines
mains toutes les richesses de son style : « Specta-
» teur et scrutateur de la nature, l'homme sonde
» les mers , gravit les monts , classe non-seule-
» ment toutes les familles, mais les métaux et les
» pierres , interróge les volcans , se passionne
» pour une suite de minéraux comme pour une
» collection d'insectes, s'enfonce dans la nuit
» de l'antiquité comme dans les profondeurs du

» globe, met à contribution la terre, l'air et l'eau
» non-seulement pour y trouver sa nourriture et
» ses vêtements, mais pour ennoblir ces deux né-
» cessités par les élégances du goût et les pompes
» de la parure ; car dans l'homme, tout besoin
» devient art, toute sensation se prolonge et s'a-
» grandit, toute fonction naturelle a ses règles,
» ses méthodes et ses perfections. Les parfums,
» les sons, les saveurs, tant de jouissances pé-
» riodiques, si passagères pour les animaux,
» l'homme les fixe et les enchaîne à sa destinée
» dont il égaie, diversifie et trompe artistement
» les longs débats et la courte durée. Et pendant
» que les animaux peuplent et embellissent la
» scène du monde, l'homme les fait servir aux
» riantes décorations de sa demeure. C'est là
» qu'il brave en paix les ardentes fureurs de l'été
» et les sombres rigueurs de l'hiver. Quelle pro-
» digieuse existence ! quel excédant de vie ! quel
» immense cortége pour un si frêle et si éphé-
» mère possesseur ! Parlerai-je ici de cet appétit

» de gloire et de domination qui lui a soumis la
» terre, et de ces monuments dont il a couvert
» sa surface? l'amour lui-même, si impétueux
» chez les animaux, mais s'allumant et s'étei-
» gnant tour à tour avec les saisons, ou brûlant
» sans choix pour l'objet qui l'excite, peut-il en-
» trer en comparaison avec ce sentiment tendre
» et fidèle qui ne voit qu'un homme entre tous
» les hommes, une femme entre toutes les fem-
» mes? C'est cette préférence, ce côté moral qui
» épure, consacre et divinise l'amour.

» Si vous rapprochez maintenant ce rapide
» coup-d'œil sur le genre humain de l'histoire
» des animaux, vous les verrez, acteurs subal-
» ternes de la nature et jamais ses spectateurs,
» promener un regard indifférent sur cette foule
» d'objets que l'homme contemple avec avidité,
» qu'il étudie avec charme et qu'il décrit avec
» enthousiasme. Réduit à la crainte, à la faim et
» à l'amour physique, leur sentiment est pour

» ainsi dire sans appétit pour tout le reste. Ces
» êtres, qui naissent vêtus, et à qui leur pâture
» ne coûte que le soin de la trouver, dirigent
» tous leurs efforts, toute leur activité vers cet
» unique but. La digestion n'amène pour eux
» que le sommeil, et le sommeil ne ramène que
» le besoin. Tout les retient dans ce cercle éter-
» nel. Qu'une belle aurore, que le printemps
» les rappellent à la vie et au plaisir, ces heures
» fortunées n'obtiendront jamais d'eux un seul
» instant de contemplation, un seul de ces re-
» gards en arrière qui continuent le bonheur en
» l'alliant à la reflexion. Le crépuscule d'un beau
» soir n'est pour eux qu'une iuvitation à la re-
» traite : c'est ainsi que les jours, les saisons et
» les années s'écoulent sans un moment de retour
» sur la vie, entre la faim et la satiété, entre la
» fougue du désir et les lassitudes de la jouis-
« sance, et toujours plus près du tressaillement
» de la joie ou des cris de la douleur que du plus
» simple raisonnement . . . . Nous naissons bor-

» nés , mais nos bornes sont amovibles ; celles
» des animaux sont immuables...... L'homme
» seul capable d'admiration , est le seul aussi qui
» soit surpris de l'univers et qui s'étonne tous
» les jours de n'en être pas plus étonné. La sur-
» prise chez les animaux ne roule que sur l'ap-
» parition de quelque objet inconnu , se termine
» brusquement par l'épouvante ou la fuite , et à
» la longue par la familiarité ou l'oubli. Chez
» nous la surprise se termine par la méditation ,
» et nous conduit souvent à des découvertes par
» l'heureux tourment de la pensée. L'étonnement
» même que nous cause notre faiblesse , est un
» signe de génie ; car se sentir petit est une mar-
» que de grandeur, comme se sentir coupable
» est une marque de vertu...... L'animal par-
» court en quelque sorte sa carrière en ligne
» droite ; l'homme s'arrête à son gré , se replie
» et décrit une infinité de courbes...... L'ani-
» mal ramasse la nourriture qui tombe devant
» lui , sans tourner les yeux vers la main qui la

» lui jette. Si l'homme cucillait les fruits de la
» terre sans élever ses regards vers la main qui
» les dispense , il n'aurait pas l'excuse d'un être
» qui perçoit sans réfléchir , qui est indifférent
» et oublieux sans ingratitude comme il est fa-
» rouche sans barbarie, rusé sans perfidie, trem-
» blant et rampant sans honte , doux et patient
» sans effort et sans mérite....... La différence
» entre le principe social qui unit les hommes et
» les causes qui rassemblent certains animaux ,
» a été si bien établie par quelques philosophes,
» que, si j'en parlais ici , je ne pourrais que les
» répéter. Je dirai seulement , qu'excepté les
» abeilles , les castors et les fourmis d'Afrique ,
» tous les autres animaux ne savent que s'attrou-
» per, s'accoupler et construire des nids; mais
» des attroupements et l'amour, et même l'état de
» famille ne sont pas l'ordre social. Ce sont des
» rendez-vous assignés par le besoin , des appels
» et des congés donnés par les saisons. Quant
» aux trois espèces qui vivent et travaillent en

» commun , il est certain qu'elles poussent d'a-
» bord la combinaison des idées premières jus-
» qu'à la division du travail; mais une fois l'édifice
» construit, toute combinaison ultérieure cesse :
» ces républiques-là ne savent pas enter la rai-
» son sur l'expérience ; elles ignorent l'art d'écha-
» fauder leurs connaissances et de substituer des
» instruments et des outils à leurs organes ; elles
, ne recueillent ni ne laissent d'héritage , et l'in-
» dustrie publique meurt et renaît à chaque géné-
» ration. Une prompte et fatale perfection les
» saisit au début de la vie et leur interdit la per-
» fectibilité. Les animaux sont donc plus immé-
»-diatement que nous les élèves de la nature.
» L'homme part plus tard pour arriver plus haut ;
» mais cette immense carrière , c'est la société
» qui la lui ouvre. C'est là que l'homme se greffe
» sur l'homme , les nations sur les nations , les
» siècles sur les siècles ; d'où résulte cette incon-
» testable vérité : que le genre humain est tou-
» jours supérieur à quelque grand homme que

10

» ce soit, et que, chez les animaux, l'individu
» est toujours semblable à l'espèce. On peut dire
» encore des animaux que s'ils n'augmentent pas
» leur industrie par l'association, ils ne la per-
» dent pas dans la solitude. Le castor, lorsqu'il
» n'est pas gêné par la présence de l'homme,
» retrouve ses talents en revoyant ses déserts,
» ses bois et ses rivières. Il n'en est pas ainsi de
» l'homme ; il ne peut beaucoup gagner à l'asso-
» ciation sans beaucoup perdre à l'isolement.
» Comme les diamants et les métaux, l'homme
» naît encrouté, et comme eux, il ne doit son
» éclat qu'au frottement. »

Rivarol pousse plus loin encore ce parallèle
entre l'homme et l'animal ; il énumère et met en
regard les divers phénomènes produits dans l'un
comme dans l'autre par le sentiment, très-déve-
loppé chez l'homme, très-restreint chez l'animal,
et il conclut en ces termes : *Pour avoir une juste
idée des animaux, il ne faut donc que diminuer*

l'homme ; notre raison, fort limitée, devient aus-
sitôt leur instinct.

Enfin, il combat vivement la triste opinion
d'Helvétius, qui a osé dire que si nos jambes et
nos bras se terminaient en sabots, et si les
chevaux avaient des mains, nous galoperions
dans les champs, et les chevaux bâtiraient des
villes et feraient des livres et des lois ; il l'appelle
« un rêve digne des métamorphoses, un double
» contre-sens effrontément proposé au genre
» humain et follement supposé à la nature qui
» ne saurait mettre une telle contradiction entre
» ses fins et ses moyens, entre ses plans et
» ses ouvrages. »

L'impression générale qui est résultée pour
nous de l'ensemble de cette section dont nous
avons surtout admiré le style, c'est qu'au fond
Rivarol était encore plus près de l'école philosophique qui définit l'homme un *animal raisonna-*

ble que de celle qui voit en lui une *intelligence ser-*
vie par des organes. Sans doute il est plus avancé
que les philosophes qui ont soutenu qu'entre
l'homme et l'animal, il n'y avait de différence
réelle que les vêtements ([57]) ; il ne se complait
pas, comme eux, dans l'abjection d'une pareille
doctrine ; il ne prend pas un stupide plaisir à ra-
valer une nature faite à l'image et à la ressemblance du souverain créateur, participant à ses
perfections, « étant, comme lui, quoiqu'en un
» degré fini, puissance, intelligence et amour » ;
mais il ne lui assigne pas son véritable caractère.
Il ne fait qu'effleurer très-légèrement, dans quelques phrases disséminées çà et là, ce qui élève
le plus l'homme au-dessus de la brute, cette
connaissance de Dieu, notre principe et notre
fin, qui nous place si haut dans l'échelle des
êtres, cette liberté morale, cette notion du devoir, cet instinct religieux qui constituent notre
plus précieux apanage, parce qu'ils servent de
base à toutes les vertus, ces destinées immor-

telles dont nous avons le magnifique privilége.
Connaître Dieu , l'aimer , le servir , comme nous
l'enseigne ce livre divin devant lequel pâlissent
toutes les philosophies ; s'unir à lui par les liens
les plus intimes ; s'abreuver à longs traits, dans
cette union avec Dieu , des ineffables jouissances
attachées à la possession de la vérité infinie ; y
goûter comme les douces prémices de la félicité
réservée à ses élus ; puis , au terme de cette vie
d'un jour , aller éternellement se reposer dans
son sein , voilà quelles sont les premières prérogatives de l'homme ; voilà ce qui le fait vraiment
roi de la création , en le séparant de la bête de
toute la hauteur qui sépare le ciel de la terre.
Nous aurions désiré que Rivarol fît de ces grands
témoignages de notre supériorité sur les animaux comme le couronnement de sa dissertation. Ce qui manque à cette dissertation, ce sont
les sublimes données du spiritualisme chrétien,
qui seul nous découvre les mystères de l'âme,
sa grandeur originelle et ses glorieux attributs,

qui seul relève et ennoblit l'humanité sans sur-
exciter son orgueil, et la divinise en quelque
sorte sans anéantir ou sans rabaisser l'être suprème. Pour les faire briller à nos yeux, il faut
une lumière plus vive que celle de notre va-
cillante raison, et cette lumière qui vient d'en
haut, n'avait pas pénétré dans l'esprit sceptique
de Rivarol ou y avait à peine jeté quelque faible
rayon.

Dans une dernière partie intitulée : *Récapitu-
lation*, Rivarol résume son système sur le rôle
que le sentiment est appelé à remplir, et cet
esprit fécond trouve encore moyen d'ajouter dans
ce résumé de nouveaux aperçus à ceux qu'il a
déjà présentés : « On ferait souvent un bon livre,
» dit-il, de ce qu'on a d'abord omis ». Il semble
qu'il ait voulu fournir la preuve de la vérité de
cette assertion. Puis il se livre à des considérations de la plus haute éloquence sur Dieu, sur
les passions, sur l'importance des croyances re-

ligieuses au point de vue social. Ces dernières
pages annoncent que le spectacle désolant d'une
société qui se débat en vain contre sa dissolution,
au milieu des plus cruelles angoisses, des plus
affreux déchirements, l'a fait rentrer en lui-
même et qu'une heureuse révolution s'est opérée
dans son esprit. Dieu s'est révélé à lui, à la
lueur des éclairs qui ont épouvanté le monde et
au bruit des tonnerres qui l'ont ébranlé jusque
dans ses fondements.

« Il me faut, comme à l'univers, s'écrie-t-il,
» un Dieu qui me sauve du chaos et de l'anarchie
» de mes idées, qui délivre mon esprit de ses
» longs tourments et mon cœur de sa vaste soli-
» tude..... Dieu explique l'univers et l'univers le
» prouve ; mais l'athée nie Dieu en sa présence.

» Chose admirable ! unique et véritable for-
» tune de l'entendement humain ! les objections
« contre l'existence de Dieu sont épuisées, et

» ses preuves augmentent tous les jours ; elles
» croissent et marchent sur trois ordres : dans
» l'intérieur des corps , toutes les substances et
» leurs affinités ; dans les cieux, tous les globes
» et les lois de l'attraction ; au milieu, la nature
» animée de toutes ses pompes.»

Bossuet qui , de son regard d'aigle , embras-
sait un si vaste horizon , a déroulé un autre
ordre de preuves dans le *Discours sur l'histoire
universelle* , où il juge , du haut de son génie ,
les législateurs et les conquérants , les rois et les
nations , les crimes et les vertus des hommes, et
retrace à larges traits les ravages du temps qui
dévore et engloutit tout, les renversements des
états qui *meurent comme leurs maîtres* , l'abaissement des grandeurs humaines sous la main divine. Il nous montre Dieu dans les révolutions et
la chute des empires, suivant de l'œil et indi-
quant du doigt le dessein d'une providence qui
tient les rênes, au milieu même des plus effroya-

bles commotions. Après toutes les catastrophes
dont Rivarol avait été témoin, c'eût été plus que
jamais le cas de rappeler cet ordre de preuves ;
mais ces sommets de la philosophie de l'histoire
ne sont accessibles qu'aux esprits éclairés par la
foi, et Rivarol, on le sait, ne s'était pas élevé
jusqu'à ce soleil des intelligences.

Passant en revue les passions de l'homme,
« de cet être pétri de faiblesse et de force,
» de grandeur et de bassesse, d'admiration et
» d'envie, de barbarie et de pitié, de haine et
» d'amour, qu'elles enchaînent et déchaînent,
» ennoblissent et avilissent », il en saisit merveilleusement tous les caractères. On retrouve
ici l'écrivain spirituel, l'analyste subtil qui a su
peindre, d'une main si déliée et avec une si rare
perfection, les moindres nuances des principales
variétés de la pensée, dans ses ravissantes définitions de l'esprit, du goût, du talent, du génie.
Pour faire mieux ressortir la différence qui existe

entre les passions et les idées , et leur influence
sur la conduite et le langage de l'homme , il suppose ce dialogue d'outre-tombe , qui offre un
contraste très-piquant : « On dit à Voltaire dans
» les Champs-Elysées : *Vous vouliez donc que*
» *tous les hommes fussent égaux ?*.... *Oui*....
» *Mais savez-vous qu'il a fallu pour cela une ré-*
» *volution épouvantable?*... *N'importe*... On
» parle à ses idées. *Mais savez-vous que le fils*
» *de Fréron est proconsul et qu'il dévaste des*
» *provinces?*.... *Ah ! Dieu ! Quelle horreur !*
» On parle à ses passions ».

Nous ne suivrons pas l'auteur dans les détails
de cette revue de l'orgueil « qui s'attribue et
» s'arroge tout, et qui ne meurt pas , si on le
» blesse » ; de l'envie « au pied léger qui circule
» dans le monde sous le nom de médisance , qui
» dit étourdiment le mal dont elle n'est pas sûre,
» et se tait prudemment sur le bien qu'elle sait» ;
de la calomnie « qui fait de la langue un poi-

» gnard » ; de l'amour de l'or « qui , semblable
» au soleil qui fond la cire et durcit la boue , dé-
» veloppe les grandes âmes et rétrécit les mau-
« vais cœurs » ; de l'hypocrisie « qui fait prendre
» au vice les dehors de la vertu , lui rendant
» ainsi un hommage involontaire , et qui , tout
» odieuse qu'elle est , doit être regardée comme
» une des sauvegardes de l'ordre social ([58]) » ;
enfin des conditions du bonheur, que les passions
viennent si souvent altérer. Qu'il nous suffise de
dire que si on réunissait en faisceau toutes les
pensées remarquables qui y sont éparses, on
aurait un livre digne d'être mis à côté de celui
de Larochefoucauld ou de Vauvenargues.— Nous
avons hâte d'arriver à la passion qui a inspiré à
Rivarol ses plus beaux accents, au fanatisme
philosophique.

Jusques vers la fin du xviiie siècle , les hommes n'avaient connu que le fanatisme religieux,
et d'accord en cela avec la religion bien comprise,

l'avaient justement condamné comme un des plus
grands fléaux de l'humanité. Les fureurs d'une
démagogie effrénée qui est allée bien au-delà de
tout ce que l'imagination peut concevoir, devaient
mettre en lumière une autre espèce de fanatisme , plus terrible encore que son aîné , le fanatisme de la philosophie elle-même. Et l'on ne
saurait s'en étonner. Quand l'homme, bannissant
de son âme l'idée de Dieu , est arrivé à déifier
sa raison , son orgueil s'exalte jusqu'au délire ;
l'esprit d'indépendance s'empare de lui avec une
force invincible ; sa volonté devient son unique
règle ; tout joug lui est odieux ; tout ce qui gêne
ses penchants, le blesse ; tout ce qui dépasse
son niveau, l'offusque. Je ne sais quoi de violent
se remue au fond de son cœur, pour parler le
langage de M. de Lamennais ; je ne sais quelle
haine implacable , sortant impétueusement de ce
cœur irrité et entraînant avec elle tous les crimes,
déborde sur la société tout entière et porte partout le désordre et la mort.

Rivarol fait d'abord remonter la responsabilité des excès révolutionnaires à cette première génération de philosophes qui, en sapant toutes les croyances dans le but de réaliser les théories chimériques dont elle était éprise, a préparé les voies à celle qui lui a succédé pour détruire, à son tour, tous les principes conservateurs de l'ordre, de la paix et du bonheur des peuples. Il flétrit ensuite énergiquement cette dernière qu'il accuse de tous les malheurs de la France et à laquelle il reproche avec une verve incroyable le sang versé, les ruines accumulées par une multitude enivrée de ses doctrines anti-sociales :

« Ils sont morts, ces sages du siècle ! la plu-
» part d'entre eux aimaient la vertu et la prati-
» quaient ; mais parce qu'ils ont cru que le fana-
» tisme était exclusivement le fruit des idées
» religieuses, parce qu'ils se sont trompés sur la
» nature de l'homme et des corps politiques,
» parce qu'ils ont ignoré le poison des germes

» qu'ils semaient , une effrayante complicité pèse
» sur leur tombe , et déjà leur épitaphe se mêle
» à celle d'un grand empire....

  » Les voilà donc, au fond de leurs tombeaux,
» devenus à leur insu les pères d'une famille de
« philosophes qui ont pris, en leur nom et sous
» leur étendard, la nouveauté pour principe , la
» destruction pour moyen , et une révolution
» pour point fixe ; qui se sont armés des passions
» du peuple , en même temps que le peuple s'ar-
» mait de leurs maximes ; et dans ce troc péril-
» leux des théories de l'esprit et des pratiques
» de l'ignorance, des subtilités des chefs et des
» brutalités des satellites , on les a vus tour-à-
» tour s'enivrer de popularité et de souveraineté,
» jusqu'à ce qu'enfin de cet accouplement de
» la philosophie et du peuple il soit sorti une
» nouvelle secte forte des arguments de l'une et
» de l'autre, mais également redoutable à tous
» deux ; monstre inexplicable, nouveau sphinx

» qui s'est assis aux portes d'une ville déjà ma-
» lade de la peste, pour ne lui proposer que des
» énigmes et le trépas. . . . . *Le genre humain*
» *a-t-il souffert de toutes les guerres de religion*
» *autant que de ce premier essai du fanatisme*
» *philosophique?* C'est le dernier problème du
» monstre : il s'est gravé dans la mémoire du
» monde épouvanté, et la postérité le résoudra
» en gémissant. . . .

» Comme c'est éminemment l'esprit d'analyse
» qui domine dans la philosophie, ses nouveaux
» disciples ont employé partout les dissolvants
» et la décomposition. Dans la physique, ils
» n'ont trouvé que des objections contre l'auteur
» de la nature ; dans la métaphysique, que dou-
» tes et subtilités ; la morale et la logique ne leur
» ont fourni que des déclamations contre l'ordre
» politique, contre la religion et contre les lois
» de la propriété ; ils n'ont pas aspiré à moins
» qu'à la reconstruction du tout par la révolte

» contre tout , et sans songer qu'ils étaient eux-
» mêmes dans le monde, ils ont détruit les bases
» du monde.... Que dire d'un architecte qui,
» chargé d'élever un édifice , briserait les pierres
» pour y trouver des sels , et qui nous offrirait
» ainsi une analyse au lieu d'une maison?... La
» vraie philosophie est d'être astronome en astro-
» nomie , chimiste en chimie , politique en poli-
» tique. Ils ont cru, cependant, ces philosophes,
» que définir les hommes , c'était plus que les
» réunir ; que les émanciper , c'était plus que les
» gouverner, et qu'enfin les soulever, c'était plus
» que les rendre heureux. Ils ont renversé des
» états pour les régénérer, et disséqué des hom-
» mes vivants pour les mieux connaître. »

Rivarol avait longtemps vécu avec les philosophes dont il parle ; bien plus , il avait partagé,
en vrai disciple de l'école voltairienne, certaines
de leurs aberrations. Pouvant alors voir le fond
de toutes leurs pensées, sonder tous les replis

de leurs cœurs, il s'était complètement édifié sur les prétentions orgueilleuses de ces nouveaux précepteurs des nations, de ces *prêtres de la raison*, comme disait d'Alembert au vieillard de Ferney, qui, seuls contre l'univers et contre tous les siècles, avaient voulu constituer la société sans Dieu, et s'étaient arrogé le droit de la façonner à leur gré. Au milieu de ces flots amers d'éloquence qui coulent de son âme indignée, il semble désigner du regard et du geste les hommes dont la fausse sagesse a plongé la France dans un abîme de maux. Condorcet, Cabanis, Garat et tant d'autres à qui s'adressent ses traits acérés, sont là en quelque sorte devant lui courbés sous son fouet vengeur.

« Leur philosophie avait un air d'audace qui
» charma la jeunesse et en imposa à l'âge mûr,
» une simplicité qui enleva tous les suffrages ;
» les instruments de destruction sont en effet si
» simples ! Ils furent éblouis de leurs succès au

» point de croire qu'à leurs voix les peuples se
» mettraient en mouvement, comme les pierres
» de Thèbes aux accents d'Amphion... Quand on
» représente le chaos sur nos théâtres, les loges
» retentissent d'applaudissements ; mais l'auteur
» de la pièce n'en conclut pas qu'on ne saurait
» trop vite porter le chaos, la mort et le néant
» dans le monde. C'est pourtant ce qu'ont tenté
» et exécuté les philosophes. Au lieu de laisser
» bondir la chimère dans le vide, ils ont dit :
« Puisque nous tenons la puissance, réalisons la
» chimère ; bâtissons entre les tombeaux des
» pères et les berceaux des enfants ; plaçons nos
» espérances sur d'autres générations ; que notre
» amour soit pour le futur et pour l'inconnu,
» notre haine et nos anathèmes pour nos con-
» temporains et pour le sol que nous foulons.
» Périsse l'univers plutôt qu'un seul de nos prin-
» cipes ! » Voilà leurs paroles ; voilà l'esprit, le
» cœur, la doctrine et les oracles de ces amis de
» l'homme ! Tuteurs hypocrites, ils ont aimé les

» pauvres et les nègres, de toute leur haine
» pour les blancs et les riches ; législateurs cos-
» mopolites, ils ont ri des droits de la propriété,
» des alarmes de la morale, des douleurs de la
» religion, et des cris de l'humanité ; mais leur
» rire n'a pas duré ; la secte qu'ils ont enfantée
» les a d'abord écrasés sous la conséquence de
» leurs principes : *Hélas !* s'est écrié l'un d'eux
» en se donnant la mort, *nous n'avons trouvé*
» *qu'un labyrinthe au fond d'un abîme.* Les autres
» ont péri sur l'échafaud, et leurs cendres trem-
» pent dans les larmes et le sang d'un million de
» victimes. Quelques-uns, plus infortunés peut-
» être, promènent dans l'Europe des douleurs
» sans remords (car tout fanatique vit et meurt
» sans remords) ; ils redemandent leur proie ou
» quelque nouvelle terre à régénérer ; ils ne con-
» çoivent pas l'atroce méprise de leurs prosé-
» lytes : *Comment,* s'écrient-ils, *nos disciples*
» *et nos satellites sont-ils devenus nos bourreaux?*
» C'est, leur a déjà répondu l'homme qui a le

» mieux peint les démons et l'enfer, Milton, c'est
» que vous construisiez dans l'empire de l'anar-
» chie un pont sur le chaos ; mais quand il a fallu
» passer, des monstres vous en ont disputé l'a-
» bord ; effrayés de cette apparition , vous avez
» reculé, et les monstres vous ont dit : *Pourquoi*
» *reculer ? vous êtes nos pères !* Et pourtant de
» telles images ne sont que les pâles copies de
» ce que le monde voit et endure ! »

Voilà certes un admirable langage ! C'est bien
là le cri de la raison et de la conscience justement révoltées ! Quel tableau que celui de ces
sophistes emportés par la tempête qu'ils ont eux-
mêmes déchaînée en donnant le signal de l'insurrection contre Dieu et contre les grandes lois
qui émanent de lui, trouvant des bourreaux dans
leurs satellites, se croyant victimes d'une affreuse
méprise , et redemandant vainement leur proie
ou *quelque nouvelle terre à régénérer !* Quel tableau que celui de ces monstres vomis par l'enfer,

qui leur apparaissent à l'entrée du pont qu'ils
ont construit sur le chaos, et qui les empêchent
de reculer en les appelant leurs pères ! Cet em-
prunt fait au barde sublime de l'Angleterre, à
l'homme qui a le mieux peint les démons et l'en-
fer, est un de ces traits de maître qui abondent
chez Rivarol. Nous n'avons rien lu de plus saisis-
sant dans tous les jugements portés sur les causes de la révolution. Qu'il est difficile de faire un
choix dans ces pages brûlantes ! On se laisserait
aisément entraîner à tout citer.

Quand Rivarol aborde la question religieuse,
on croirait quelquefois avoir affaire à un chrétien convaincu ; tant il apprécie sainement ces
doctrines philosophiques qui flétrissent et dessè-
chent la vie, et tant il met au-dessus d'elles les
vérités consolantes de la religion ! « Le vice radi-
» cal de la philosophie, dit-il, est de ne pouvoir
» parler au cœur. Or, l'esprit est le côté partiel
» de l'homme ; le cœur est tout..... Aussi la

» religion même la plus mal conçue est infiniment
» plus favorable à l'ordre politique et plus con-
» forme à la nature humaine en général que la
» philosophie , parce qu'elle ne dit pas à l'homme
» d'aimer Dieu *de tout son esprit*, mais *de tout*
» *son cœur ;* elle nous prend par ce côté sensible
» et vaste qui est à peu près le même dans tous
» les individus , et non par le côté raisonneur ,
» inégal et borné qu'on appelle *esprit*... Il y a
» dans le cœur de l'homme une fibre religieuse
» que rien ne peut extirper.... L'histoire nous
» montre que partout où il y a mélange de reli-
» gion et de barbarie , c'est toujours la religion
» qui l'emporte, mais que partout où il y a mé-
» lange de barbarie et de philosophie , c'est la
» barbarie qui l'emporte... La philosophie divise
» les hommes par les opinions ; la religion seule
» les unit dans les mêmes principes... La reli-
» gion seule persuade, récompense , punit et
» pardonne ; elle suppose l'homme fragile , le
» conserve bon ou le rachète coupable en le ré-

» conciliant avec un Dieu miséricordieux.... Si
» l'on ne consulte que la philosophie, les misères
» de la vie sont des maux sans remède, et la
» mort est le néant ; mais la religion échange ces
» misères contre des félicités sans fin, et, avec
» elle, le soir de la vie touche à l'aurore d'un
» jour éternel. »

Celui qui a écrit ces lignes ne semble-t-il pas
avoir retrempé son âme aux sources vivifiantes
de la foi chrétienne ? Pourquoi faut-il que l'illusion produite par de tels passages soit sitôt
dissipée ! on ne tarde pas à voir que Rivarol ne
s'inspire pas des certitudes de la foi et des clar-
tés de la révélation ; c'est l'homme politique et
non le chrétien qui parle. Une cruelle expérience
lui a démontré la nécessité de la religion pour le
maintien de l'ordre dans les états ; il croit ferme-
ment à son utilité sociale, et il la fait vivement
ressortir ; mais c'est cette utilité seule qu'il invo-
que ; à ses yeux la religion n'est, dans le fond,

qu'un instrument de gouvernement, *instrumen-tum regni*. — Pour lui, tous les cultes ont les mêmes droits au respect, par cela seul qu'ils existent et qu'ils sont la sauvegarde des corps politiques. — Il n'y a d'autre dogme que le *dogme de la Providence*, et les prêtres ont tort d'avoir recours aux miracles pour établir la divinité de leur culte ; mais les vrais philosophes doivent demander au clergé des secours et non des preuves, et se mettre de moitié dans le grand but de gouverner et de faire prospérer les nations : « Qu'on ne traite pas, dit-il, cette politique d'hy-

» pocrisie ; car n'est pas hypocrite qui l'est pour

» le bonheur de tous ; enfer ou paradis, ange ou

» diable, vérités appelées *fables*, fables appelées

» *vérités*, tout est bon, pourvu qu'on serve et

» qu'on sauve le genre humain ». Du reste, son opinion va se résumer ici tout entière : « Si on

» rapproche maintenant la conduite des prêtres

» et des philosophes, on trouvera qu'ils se sont

» également trompés dans l'art de diriger les

» hommes, les prêtres pour avoir pensé que la
» classe instruite croirait toujours, et les philo-
» sophes pour avoir espéré que le peuple s'éclai-
» rerait. Les uns et les autres ont parlé de la reli-
» gion comme d'un moyen divin et de la raison
» comme d'un moyen humain ; *c'est le contraire*
» *qu'il fallait penser et taire*..... Dans les têtes
» vraiment politiques, l'incrédulité ne se sépare
» pas du silence. » On ne saurait en douter ; Rivarol n'a été guéri que de la triste manie de l'impiété, en se plaçant au point de vue de l'homme
d'Etat. Son respect pour la religion n'est qu'un
respect extérieur qui n'a aucune racine dans le
cœur ; elle est bien loin, on le voit, d'avoir entièrement triomphé de son incurable scepticisme.
Le sentiment qui anime Rivarol ne va pas au-delà
de celui qui dictait à J.-J. Rousseau, à l'auteur
de la profession de foi du *Vicaire savoyard,* ce
qu'il écrivait à un de ses disciples : « Surtout,
» apprenez à respecter la religion ; l'humanité
» et la politique exigent ce respect. »

Après quelques réflexions sur l'ordre et sur la
liberté, où il présente l'espèce humaine comme
l'Océan, « sujette au flux et au reflux, se balan-
» çant entre deux rivages, qu'elle cherche et fuit
» tour-à-tour, en les couvrant sans cesse de ses
» débris »; puis, sur la justice, sur l'éducation,
sur l'homme solitaire et l'homme social (car,
dans son *Discours préliminaire,* ce nouveau Pic
de la Mirandole disserte, avec les allures un peu
désordonnées qui lui sont propres, *de omnibus re-
bus et de quibusdam aliis*), il adresse de nouvelles
malédictions à cette philosophie « qui n'est autre
» chose que les passions armées de principes »,
et il menace ses superbes adeptes des arrêts de
l'inexorable histoire. Il fait ensuite la leçon aux
peuples comme il l'a faite aux philosophes : « La
» postérité dira jusqu'à quel point les peuples
» eux-mêmes ont mérité leurs malheurs; car ils
» furent instruments avant d'être malheureux,
» et la prospérité les avait aveuglés avant même
» que la puissance eût égaré leurs chefs. Lors-

» qu'un empire est florissant, quand l'ordre
» politique a plongé ses racines dans la terre,
» mère des propriétés, et levé ses bras vers le
» ciel, source de toute harmonie, les peuples
» qui se reposent à son ombre, oublient avec le
» temps combien de fois sa précieuse semence
» fut foulée aux pieds et dispersée par les vents ;
» *la maladie du bonheur les gagne* ([59]) ; leurs
» forces leur font illusion. Ils ne sentent plus que
» l'autorité publique pèse comme bouclier et non
» comme joug ; ils s'épuisent en objections contre
» elles ; ils font autant de mal à leur gouverne-
» ment qu'ils s'en faisaient à eux-mêmes avant
» tout gouvernement ; mais le châtiment est là,
» et, dès que le gouvernement est dissous, les
» barbares se retrouvent en face ; les calamités
» recommencent, et la conservation du genre
» humain redevient un problème. »

Il termine enfin par un tableau émouvant du
règne de la terreur ; c'est ici surtout que l'on

retrouve l'énergique pinceau de Tacite et les vives
couleurs de Joseph de Maistre :

   » Pour l'éternelle humiliation des ambitieux
» sans génie , on vit le plus obscur satellite de la
» philosophie moderne s'élever à la dictature par
» un sentier que les philosophes avaient ouvert
» de leurs mains et jonché de leurs têtes ; époque
» où , sur une surface de trente mille lieues car-
» rées, six cent mille Français furent tout-à-coup
» sans asile et sans issue ; où chaque loi ajoutait
» à la lâcheté plus encore qu'au désespoir ; où
» l'on ne savait plus que gémir , payer et mou-
» rir ; où tout était en réquisition ou dans les
» fers ; où tout fut victime et bourreau ; époque
» sans exemple où les pères et les enfants, pous-
» sés par milliers aux frontières , y venaient en
» tremblant pour faire trembler l'Europe et où
» parut la première armée qui eût encore marché
» entre la terreur et la gloire, entre les triomphes
» et l'échafaud ; et cependant la nation , écrasée

» au dedans et redoutée au dehors, consternée
» de ces massacres sans fin et confuse de ces vic-
» toires sans fruit, attendait en frémissant un
» nouveau Dieu et un gouvernement inconnu...

» Cette effroyable crise s'est appelée gouver-
» nement révolutionnaire : expression indéfinis-
» sable, monstrueuse alliance de mots, préparée
» par la philosophie du siècle!... Le signal est
» donné ; plus d'autorité ; tout est *comité* ou *tri-*
» *bunal révolutionnaire;* la souveraineté du peu-
» ple est suspendue ; ses représentants, déclarés
» inamovibles, cessent d'être inviolables ; car il
» faut que l'un règne et que l'autre périsse. La
» nation entière tombe à la fois en état d'inter-
» diction et de conspiration ; mineure pour agir
» et majeure pour le supplice, elle se débat sous
» les poignards de cent mille assassins... Quel
» est ce char mystérieux, immense, dont les
» roues innombrables vont en tous sens, chargé
» de chaines, d'échafauds, de têtes coupées et

» de sceptres brisés ? C'est le char de la révolu-
» tion. Et ce peuple hideux et couvert de hail-
» lons, aux yeux hagards, aux bras ensanglantés,
» qui se presse autour du char ? C'est le peuple
» de la révolution. . . Mais le char avance, apla-
» nissant tout ; il roule continuellement sur les
» places publiques, parcourant la France, traî-
» nant ou écrasant mille victimes par jour, et la
» nuit ne ralentit pas sa course. Le bruit lugubre
» de sa marche couvre celui de la guerre, et le
» canon qui gronde et tue au loin paraît doux et
» brillant à des imaginations profondément im-
» pressionnées par les coups imposants, perpé-
» tuels et sourds de la guillotine. Point de dou-
» leur éclatante ; tout est glacé d'horreur. Point
» de retour sur sa fortune et sur sa famille ; tout
» est à la révolution. Point de pitié pour la jeu-
» nesse et l'innocence ; tout est nécessaire. Il
» faut que le sang coule, que les villes tombent,
» que la nation diminue. Il faut que le brigand
» aguerri et le pauvre oisif et abruti mettent la

» France à leur portée. Eh! quoi, tant de bou-
» ches sans murmure, tant de populations sans
» mouvement! la terreur comprime tout; la ter-
» reur isole tout. Vieux respects, propriétés an-
» tiques, droits, humanité, vous êtes des signes
» de contre-révolution; la terreur est la justice...
» Cependant les maisons se ferment, les che-
» mins se couvrent d'herbe, et les murailles de
» listes mortuaires. Quel silence! la nation en-
» tière est aux écoutes; quelques journaux lui
» disent froidement les décrets du jour et le
» nombre des morts... Tout Français est soumis
» ou rampant, et tout Français est suspect; on
» passe, on s'examine à la dérobée de peur de
» se reconnaître; on se reconnaît pour s'éviter.
» Quand on marche au supplice, il n'y a qu'une
» ancienne réputation ou quelque rôle éminent
» dans la révolution qui vous attire un regard,
» un mot ou quelques féroces applaudissements
» de ce peuple occupé, et le spectacle du len-
» demain vous efface à jamais. »

» L'or n'achète plus la vie et ne saurait
» payer la fuite ; et cependant la corruption est
» dans le sein de la barbarie. Mais si tout se
» vend, rien ne se garantit ; tel vient mourir
» après s'être racheté six fois. N'espère pas,
» citoyen timide, te réfugier parmi les bour-
» reaux en promettant d'être un scélérat ; il
» faut l'avoir été ; ce ne sont pas des crimes à
» venir, mais des crimes commis et connus
» qu'on te demande. Et cependant on peut être
» coupable de tant de manières envers la révo-
» lution que peu de scélérats lui échappent ;
» car la révolution n'est pas un froid tyran qui
» calcule ses coups ; c'est un tyran affamé qui
» n'épargne ni ses pourvoyeurs ni ses satellites.
» Où fuir ? à qui se confier ? Ce n'est plus
» comme au temps des rois où la disgrâce hono-
» rée trouvait partout des asiles. Ici pas une
» retraite, pas un cœur, pas une larme ; l'en-
» nemi d'une nation ! Il tombe tout-à-coup dans
» une excommunication universelle ; sa femme

» et ses enfants frémiraient à sa vue ; il faut que
» de sa main il abrége son supplice et termine
» sa vie , ou qu'il vienne s'offrir à l'échafaud où
» tout aboutit?.... Philosophie moderne , où
» nous as-tu conduits ? A qui nous as-tu livrés ?
» Sont-ce là tes saturnales , tes triomphes et tes
» orgies !..... Sombre nuit , descendue au nom
» de la lumière ! vaste tyrannie au nom de la
» liberté ! profond délire au nom de la raison !
» on ne saurait vous peindre trop fidèlement
» pour être utile ni trop vous atténuer pour être
» cru ! »

Quelle vigueur de pensée et de style ! Quelle
éloquence ! Nous allions presque dire : quelle
poésie ! Furent-ils jamais mieux décrits , dans
leur sanguinaire grandeur , ces temps affreux
où quelques hommes d'une infernale audace ,
mais d'un médiocre génie , étonnés eux-mêmes
de leur puissance et de leurs succès , exercèrent
sur une nation , mûre pour tout supporter, le

11*

plus terrible despotisme dont l'histoire fasse
mention, et eurent dans leurs mains, pendant
plus de quinze mois, toutes les vies, toutes les
fortunes, tous les pouvoirs? On se sent remué
jusqu'au fond des entrailles par cette sombre et
lugubre peinture. On croit assister à ces scènes
d'épouvante et d'horreur. On croit voir, comme
s'ils étaient là sous nos yeux, tout ce peuple
glacé d'effroi qui plie sous un joug abominable
ainsi que la moisson se courbe sous l'ouragan
impétueux, qui, sur un ordre, sur un signe de
ses proconsuls, tend docilement la tête au fer
du bourreau, « qui ne sait, enfin, que gémir, payer et mourir »; ce char de la révolution qui roule sans cesse nivelant tout, écrasant
tout sur son passage au milieu des rugissements
de joie, des hurlements et des blasphèmes de
son hideux et féroce cortége; ces massacres
sans fin, ces immolations en masse qui abreu-
vent, qui inondent une terre malheureuse du
sang de ses enfants, sans distinction d'âge ni de

sexe, sans respect pour ce qu'il y a de plus vénérable ou de plus touchant, la vieillesse unie
à la vertu, la jeunesse unie au talent, l'innocence unie à la beauté comme dans « ces jeunes
» vierges traînées en groupe à l'échafaud, pour
» composer en quelque sorte à la mort des bou-
» quets de cadavres ». ([60]) On croit entendre
ces coups perpétuels et sourds de la guillotine
qui décime la France « afin de la mettre à la
portée » de quelques monstres, et cette véhé-
mente apostrophe au philosophisme moderne qui
ressemble à un cri d'anathème poussé par des
milliers de victimes. « L'âme consternée se de-
» mande comment l'homme a pu suffire au sen-
» timent de tant de maux et trouver la pensée
» de tant de forfaits ». ([61]) Burke, qui écrivait
dans le même temps contre les atrocités de la révolution française des philippiques demeurées célèbres, n'a peut-être rien qui égale ce beau morceau. Voilà ce qu'il eût pu avec raison comparer
aux annales de Tacite; car ici Rivarol s'élève à la

hauteur du grand historien qui a cloué à un éternel pilori les Tibère, les Caligula, les Néron,
tigres à face humaine qui s'amusaient à dévorer
le peuple romain. Il représente, comme lui, la
justice et la vengeance envers des tyrans plus
coupables encore que les bourreaux de Rome,
parce qu'ils se souillèrent de tous les crimes en
profanant la liberté ; il est, comme lui, le digne
interprète de la postérité qui parle d'avance par
sa bouche pour les maudire et les vouer à tout
jamais à l'exécration de l'univers. Le discours
que nous venons d'analyser, ne pouvait finir
d'une manière plus brillante.

Et c'est un écrivain de cette force qui n'est pas
même nommé dans l'histoire du xviiie siècle de
Lacretelle, dans le cours de littérature de Villemain et que Lamartine se borne à qualifier d'épi-
grammatiste éblouissant ! M. Villemain a cru
sans doute sur parole Marie Chénier, dont il
loue beaucoup le *Tableau de la Littérature*

française, « où, dit-il, il a su secouer ses pré-
» jugés de parti, ses haines littéraires (on a pu
» voir si, du moins en ce qui concerne Rivarol,
» cet éloge était mérité !), en jugeant les divers
» auteurs qui, nés dans le xviiie siècle, ont
» commencé l'époque présente et coloré leur
» talent d'une double lumière ». Plus que tout
autre, cet esprit distingué, ce littérateur d'un
goût si pur et d'une imagination si vive, était
fait pour apprécier les rares qualités de Rivarol.
C'est parce que le discours préliminaire les met
parfaitement en relief que nous en avons donné
de si longs 'extraits. On nous pardonnera assurément leur étendue, si l'on veut bien considérer qu'il ne s'agit pas ici d'un de ces ouvrages
que chacun a en quelque sorte sous la main,
que Rivarol est en réalité peu connu, surtout
comme écrivain sérieux, qu'il est même assez
difficile aujourd'hui de se procurer la collection
de ses œuvres, et qu'on ne les lit pas sans quelque fatigue, à cause du mélange qu'elles pré-

sentent et de l'espèce de confusion qui résulte
des défauts de plan que nous avons eu à signaler.
Nos citations auront l'avantage d'épargner au
plus grand nombre de lecteurs une double peine
en leur faisant suffisamment connaître la manière
de Rivarol, et, de plus, le vengeront d'un injuste oubli bien mieux que toutes nos réflexions.

Quand le *Discours préliminaire* parut, la
Convention, lasse de faucher des têtes, avait
mis fin à sa sanglante dictature, et le Directoire
régnait sur la France. Ce gouvernement, faible,
bizarre, immoral, était sans doute plus régulier
et moins terrible; mais il était au fond animé du
même esprit, et, quoiqu'il n'eût ni la passion,
ni l'énergie du crime, il avait souvent recours à
la violence, et s'il ne tuait pas, il déportait. Les
attaques que le discours de Rivarol renfermait
contre les hommes de la révolution ne pouvaient
être tolérées par les cinq rois du Luxembourg
qui, sentant bien qu'ils n'étaient pas de force à

vivre en face de la liberté de la presse, au milieu d'une nation indignée de tant d'iniquités, impatiente de se rasseoir et de rentrer dans des conditions normales, méditaient déjà le coup d'Etat du 18 fructidor. Ils ne permirent pas qu'il fût publié en France ; voilà pourquoi il y eut si peu de retentissement.

Rivarol s'occupait alors d'un autre ouvrage qui devait être intitulé : *Théorie du Corps politique,* et qui n'a pas été imprimé, parce qu'il est resté inachevé. A en juger par les fragments que nous a conservés Chenédollé, cet ouvrage lui eût probablement assuré une place à côté de nos plus grands publicistes, s'il eût pu y mettre la dernière main et développer d'une manière complète les prémisses qu'il y avait posées. Chenédollé qui avait lu le manuscrit de Rivarol, l'exalte dans les termes les plus pompeux ; il dit que c'est là qu'il a puisé lui-même le fond des idées du quatrième chant du *Génie de l'homme*,

qui a pour titre : *La Société*. A la vue de l'affreux cataclysme qu'avaient amené la destruction
du pouvoir monarchique et l'éparpillement de
l'autorité dans le peuple, Rivarol avait conçu le
projet d'étudier le secret de la *puissance*, véritable sauvegarde de l'ordre social, et d'y chercher comme un préservatif contre ces grands
bouleversements.

« La puissance, dit-il, est la force organisée,
» l'union de l'organe avec la force. L'univers est
» plein de forces qui n'attendent qu'un organe pour
» devenir puissances. Les vents, les eaux sont
» des forces; appliquées à un moulin ou à une
» pompe qui sont leurs organes, ils deviennent
» puissances. Cette distinction de la force et de
» la puissance donne la solution du problème de
» la souveraineté dans le corps politique. Le
» peuple est force; le gouvernement est organe,
» et leur réunion constitue la puissance politi-
» que. Sitôt que les forces se séparent de leur

» organe, la puissance n'est plus. Quand l'or-
» gane est détruit et que les forces restent, il n'y
» a plus que convulsion, délire ou fureur, et si
» c'est le peuple qui s'est séparé de son organe,
» c'est-à-dire de son gouvernement, il y a révo-
» lution. » — Selon lui, la souveraineté qui n'est
que la puissance conservatrice, ne peut résider
que dans le gouvernement, le peuple à qui certains philosophes ont voulu l'attribuer, n'ayant
que des forces qui, abandonnées à elles-mêmes,
bien loin de conserver, ne tendent qu'à détruire.
— Il définit la loi la réunion des lumières et de
la force; le gouvernement donne les lumières et
le peuple, en fournissant une armée pour l'exécution, donne les forces.

S'il revient sur l'alliance nécessaire de la politique et de la religion, il se sert, pour exprimer
cette vérité, d'une grande et belle image : « Le
» corps politique est comme un arbre; à mesure
» qu'il s'élève, il a autant besoin du ciel que de

» la terre.....» Et il ajoute : « L'homme em-
» prunte des palais aux carrières, des vaisseaux
» aux forêts, des horloges au soleil, et, pour
» former un corps politique, l'homme s'imite et
» s'emprunte lui-même. — Les corps politiques
» sont les grands conservatoires de l'espèce
» humaine et les plus magnifiques copies de
» la création. Après l'univers et l'homme, il
» n'existe pas de plus belle composition que ces
» vastes corps dont l'homme et la terre sont les
» deux moitiés et qui vivent des inventions de
» l'un et des productions de l'autre ».

Quelle que soit la valeur réelle de cette théorie de Rivarol sur la souveraineté qui paraîtra
peut-être plus spécieuse que solide, il est évident que son talent est en progrès, *vires acqui-
rit eundo*. Il y a là comme une forte empreinte
des méditations les plus graves et les plus hautes, et l'on est de plus en plus frappé de l'éclatante énergie de ses expressions. Il finit par

quelques considérations sur l'*oubli* qui sont pleines de mélancolie et de grandeur :

» La différence des langues, en s'opposant à
» l'épidémie des opinions, assure l'oubli de tou-
» tes choses. Puisque le genre humain recom-
» mence sans cesse, il faut bien que les archives
» du temps périssent. La mémoire des hommes
» est un organe trop borné pour se mesurer
» éternellement avec l'étendue des siècles, et leur
» histoire, lamentable mélange d'un peu de bien
» et de beaucoup de maux, ne serait bientôt
» plus proportionnée à la brièveté de la vie, si le
» temps qui l'allonge d'une main, ne l'accourcis-
» sait de l'autre. C'est donc par un bienfait de la
» Providence que tant de races criminelles et
» malheureuses obtiennent, d'époques en épo-
» ques, l'amnistie de l'oubli et que le temps pré-
» sent se dégage du fardeau des temps passés.
» Oui, tout est destiné à l'oubli, à ce tyran
» muet et cruel qui suit la gloire de près et dé-

» vore à ses yeux ses amants et ses favoris......
» Que dis-je ? La gloire elle-même n'étant que du
» bruit, c'est-à-dire de l'air agité, elle rampe
» comme l'atmosphère autour du globe, et son
» cours change et souffle çà et là, promenant les
» noms et les renommées et finissant par les dis-
» perser. Ainsi pour l'homme, dans l'homme,
» autour de l'homme, tout change, tout s'use,
» tout périt ; les sentiments, les goûts, les opi-
» nions, les beaux-arts, tout va du printemps à
» la décrépitude. Les empires ont leur fraîcheur
» et leur vétusté, leur éclat et leur déclin, quel-
» quefois même une fin prématurée. Malheur à
» ceux qui arrivent dans ces temps d'inévitables
» révolutions ! Et cependant la nature, mère fé-
» conde et constante de tant de formes fugitives,
» reste, au sein des mouvements, des vicissi-
» tudes et des métamorphoses, immobile, inva-
» riable, immortelle. »

Nous sommes bien éloignés de croire que

*dans l'homme et autour de l'homme tout change ,
tout périt ;* il y a en nous et autour de nous quelque chose d'immortel et quelque chose d'immuable : c'est notre âme ; ce sont les principes éter-
nels sur lesquels la société repose ; mais , à cela
près , ce passage nous paraît justifier les éloges
de Chenédollé et suffirait à lui seul pour nous
convaincre que l'ouvrage lui-même, si Rivarol eût
pu le terminer et le livrer à la publicité , eût
ajouté , non seulement à la réputation de l'auteur , mais encore aux richesses de notre littérature qui aurait compté un beau livre de plus.

Quelque temps après la publication du *Discours préliminaire,* Rivarol quitta Hambourg où
sa causticité avait , dit-on , indisposé les esprits
contre lui ([62]) , pour aller à Berlin. Il y fut très-
bien accueilli par le roi et par le prince Henri ; ils
lui prodiguèrent l'un et l'autre les témoignages de
bienveillance les plus flatteurs. Il y avait à Berlin une princesse russe, la princesse Olgorouska,

qui avait le goût des sciences et des belles-let-
tres ; son palais était le rendez-vous des savants
et des poètes. Rivarol lui fut présenté ; cet homme
aimable et spirituel exerçait une véritable fasci-
nation sur toutes les personnes qui l'appro-
chaient. La princesse ne tarda pas à être sous le
charme ; elle honora Rivarol de son amitié ; et
s'il faut en croire la chronique du temps, elle
finit par y mêler un sentiment plus tendre. Le
lauréat de l'académie de Berlin trouva encore
vivant dans le monde littéraire de la capitale de
la Prusse le souvenir de ses succès académiques,
et il y fut fêté par les anciens juges du tournoi
où il avait remporté le prix. La France errante
et fugitive était alors partout en Europe. Rivarol
rencontra à Berlin une nombreuse émigration
dont il devint bientôt le coryphée, quoiqu'il fût
loin de partager toutes ses passions ; car les crimes de la révolution que nul ne maudissait et ne
détestait plus que lui, n'avaient jamais altéré
dans son âme le sentiment du patriotisme. Il ré-

pondit un jour à la baronne d'Angel qui l'enga-
geait, après la trahison de Dumouriez, à s'entendre avec ce général déserteur pour concerter
les moyens de rétablir la monarchie : « L'opinion
» a tué Dumouriez; dites lui en amie de faire le
» mort ; c'est le seul rôle qu'il lui convienne de
» jouer ; plus il écrira qu'il vit, plus on s'obs-
» tinera à le croire mort ».

Malgré l'agrément que lui procuraient ses hautes relations et la considération dont il jouissait
à la cour de Prusse , Rivarol avait sans cesse les
yeux tournés vers la France. Quel est l'exilé qui,
en s'éloignant de ce doux pays de France, *le plus
beau royaume après celui du ciel* (⁶³), selon l'expression d'un illustre étranger, ne lui ait laissé
en quelque sorte son cœur, c'est-à-dire la meilleure partie de lui-même, comme gage de retour ?
Il écrivait à un ami : « La vraie terre promise est
» encore la terre où vous êtes ; je la vois de loin ;
» je désire y revenir , et hélas ! je n'y rentrerai

» jamais ». Il avait alors comme le pressentiment
du sort qui l'attendait ; l'exil devait en effet dévorer sa vie ! Son frère qu'il avait, disait-il, empê-
ché de venir le joindre, « pour avoir derrière
» lui un patron qui tachât de le faire sortir de
» l'enfer », avait essayé plusieurs fois d'obtenir
que l'interdit qui le frappait fût levé, et que
l'entrée de la France lui fût ouverte ; mais toutes
ses tentatives avaient été inutiles ; le Directoire
ne pouvait pardonner à Rivarol ses violentes
diatribes contre la révolution, et il s'était montré
inflexible.

Lé 18 brumaire vint enfin mettre un terme
aux hontes d'un régime misérable qui avilissait le
plus noble empire de l'univers, et inaugurer des
temps nouveaux. Le héros d'Arcole, de Rivoli et
des Pyramides renversa, de son épée victorieuse,
un pouvoir méprisé, et son génie réparateur re-
leva l'édifice social de ses ruines. L'histoire n'a
rien de plus beau que ces premières années du

consulat où un grand homme, suscité par la Providence du sein de la gloire, refit un monde avec tant de débris et d'éléments épars. L'ordre rétabli comme par enchantement dans l'administration et dans les finances, l'autorité reconstituée sur la base solide des légitimes conquêtes de 89, la France dotée d'institutions appropriées à sa nature, la religion, si longtemps bannie de ses temples déserts ou profanés, restaurée au milieu d'un concert de bénédictions, et nos armes triomphantes ajoutant le lustre de nouvelles victoires à ce qu'avait d'imposant ce magnifique travail de reconstruction, tel fut le spectacle grandiose qu'elles offrirent à l'Europe étonnée, après une longue anarchie qui n'avait rien laissé debout. Le premier consul avait fait cesser toutes les persécutions, et il avait convié tous les gens de bien, quels que fussent leurs antécédents et leurs opinons, à se rapprocher du gouvernement pour l'aider dans l'accomplissement de sa mission providentielle. Rivarol, chez qui le patriotisme do-

minait l'esprit de parti, était bien fait pour répondre à cet appel. Il demanda la permission de
rentrer en France ; elle lui fut accordée. S'il eût
pu en profiter, le premier consul qui aimait à
s'entourer de tous les hommes supérieurs, l'eût
bientôt attiré à lui, et il eût certainement parti-
cipé aux grandes choses qui signalèrent cette
époque mémorable. Sous l'influence d'une réno-
vation sociale qui imprimait une forte impulsion
à tous les esprits d'élite, le talent de Rivarol,
mûri par le malheur plus encore que par l'âge,
moins distrait par les plaisirs au sein d'une société plus sérieuse, serait en peu de temps arrivé à son apogée, et aurait tenu sans aucun doute
tout ce qu'il avait déjà promis ; mais, au moment
où il se disposait à retourner à Paris, Rivarol
fut atteint, le 5 avril 1801, d'une maladie mortelle. Tout ce qu'il y avait d'illustre à Berlin lui
témoigna le plus vif intérêt. On le transporta à
la campagne de la princesse Olgorouska ; là les
soins les plus affectueux lui furent prodigués ;

mais rien ne put arrêter les progrès du mal, et il expira quelques jours après, à l'âge de 47 ans.

Le récit de sa mort, que nous devons à Sulpice de La Platière, rappelle à certains égards celui de la mort de Mirabeau. Sur son lit de douleur, Mirabeau qui ne croyait qu'au néant et qui ne songeait qu'à quitter d'une façon théâtrale cette scène du monde qu'il avait occupée avec tant d'éclat, disait aux amis qui l'environnaient : « En-» veloppez-moi de parfums ; couronnez-moi de » fleurs ; faites-moi entendre une harmonieuse » musique pour entrer dans le sommeil éternel.» Rivarol voulut que sa chambre fût remplie de fleurs printanières et que ses fenêtres restassent ouvertes, pour qu'il pût contempler jusqu'à la fin un parterre de roses et en respirer les parfums. Il conserva, malgré ses souffrances, et sa sérénité et sa gaîté ; on lui prête même ce jeu de mots qu'il aurait adressé à son médecin nommé *For-miez* : « Ah ! mon pauvre docteur, je crains bien

que vous ne me «*déformiez*». Sentant que la vie
lui échappait, il dit aux personnes qui étaient
près de lui : « Mes amis, voici la grande ombre
» qui s'avance ; ces roses vont se changer en pa-
» vots ; il est temps d'entrer dans l'éternité. » Puis
il eut un court instant de délire, et il demanda
des figues attiques et du nectar. Les souvenirs de
l'antiquité qu'il avait aimée avec passion, eurent
ainsi ses dernières pensées et le poursuivirent
jusqu'à son dernier soupir. Il mourut convaincu,
assure-t-on, de l'immortalité de l'âme ; mais la
religion ne fut pas appelée à sanctifier ce redoutable passage de la vie à la mort, que les âmes,
même les plus pures, n'envisagent pas toujours
sans effroi.

Né pour le bien, mais facilement entraîné vers
le mal, aimant la vertu, mais incapable de résister aux séductions du vice, Rivarol avait eu les
mœurs corrompues de son siècle, et un homme
qui l'avait vu de très-près, le baron de Théïs, di-

sait que le livre de sa vie privée était un des plus scandaleux de cette époque fertile en scandales. Marié à une femme qui se prétendait issue d'une grande famille d'Allemagne, mais qui en réalité était aussi dépourvue de noblesse que de fortune, il s'était bientôt séparé d'elle ([64]), quoiqu'elle lui eût donné un fils, pour courir après de folles amours. Ces habitudes d'immoralité avaient fermé son cœur au sentiment religieux : cette fleur mystique de la piété dont l'homme porte toujours en lui le germe divin, ne s'épanouit qu'au sein d'une atmosphère de pureté ; mais Dieu seul sonde le fond des consciences ; toutes les circonstances indépendantes de notre volonté qui, agissant comme à notre insu sur nos facultés les plus intimes, déterminent si souvent notre conduite, l'éducation que nous avons reçue, le milieu dans lequel nous avons vécu, l'air que nous avons respiré, les exemples que nous avons eus sous les yeux, pèsent d'un grand poids dans la balance de sa souveraine justice, et sa miséricorde est infinie.

Le jour de la mort de Rivarol fut un jour de
deuil pour la société lettrée de Berlin. L'académie lui rendit les plus grands honneurs ; elle dé-
cida que son buste serait installé dans la salle de
ses séances. Un homme fort spirituel , M. Gual-
tieri , major au service de Prusse , fit en ces termes son oraison funèbre : « Rivarol n'est plus !
» La mort vient d'enlever cet homme dont le
» monde a connu l'esprit et dont peu de per-
» sonnes ont connu le cœur. Que n'ai-je été du
» nombre de ceux qui n'ont eu à regretter que
» ses lumières et n'ont point à pleurer un ami !
» Toujours prêt à l'écouter , je ne le perdais ja-
» mais de vue dans le bruyant chaos du monde.
» Partout le premier, il était obligé de descendre
» pour se mettre au niveau des autres ! Et cepen-
» dant l'amabilité de son caractère ne se démen-
» tait pas un seul instant..... Ne se considérant
» que comme une combinaison heureuse de la
» nature, convaincu qu'il lui devait bien plus qu'à
» l'étude et au travail, il ne s'estimait que comme

» un métal plus rare et plus fin. Aussi, quoi-
» qu'il jugeât sévèrement les autres, il ne mé-
» prisait personne..... Artiste de la parole, il ne
» s'amusait point à créer des mots ; mais dans
» ses écrits et dans sa conversation, il formait
» une langue nouvelle avec des mots connus ;
» son génie les broyait à son gré et savait s'ar-
» rêter là où le bon goût avait mis une borne.
» Caustique sans être méchant, il n'attaquait que
» les ridicules, et cette disposition à la causti-
» cité était chez lui une habitude de l'esprit plu-
» tôt qu'un défaut du cœur.... »

Un tel hommage de la part d'un étranger ho-
nore infiniment la mémoire de Rivarol. Si l'on
rapproche ce portrait de celui qu'a tracé Chenédollé et que nous avons cité dans la première partie de cette notice, on aura une idée exacte de
sa riche organisation et de l'effet qu'elle produisit sur ses contemporains. Peu d'hommes joui-
rent de leur vivant d'une aussi grande popularité.

Partout l'admiration qu'il excita alla jusqu'à l'enthousiasme. Rivarol fut de bonne heure l'enfant
gâté de l'opinion publique ; ses faveurs le suivirent dans l'exil et ne lui firent jamais défaut. La
postérité ne saurait trop le déplorer ; car cette
réputation si précoce et si aisément soutenue con-
tribua beaucoup à arrêter son élan et à l'empêcher de donner toute sa mesure en achevant ce
qu'il n'a fait en quelque sorte qu'ébaucher.

CONCLUSION.

En résumé, Rivarol n'a guère laissé que des ouvrages incomplets, les fragments d'une œuvre interrompue par une mort prématurée, le portique d'un édifice qui n'a pas été construit, rien, en un mot, qui pût suffire pour fonder à tout jamais une grande renommée littéraire. Trop souvent la paresse et le goût des plaisirs paralysèrent ses belles facultés, ou son penchant pour le persiflage et pour la satire les dirigea vers des travaux qui n'empruntaient tout leur prix qu'à

des circonstances passagères, et n'offraient par
eux-mêmes qu'un médiocre intérêt.

Mais presque tout ce que nous avons de lui
annonce un esprit fortement trempé et capable
d'embrasser les compositions les plus vastes et
les plus élevées, quelque chose qui n'est pas le
génie, si l'on veut, mais qui est plus que le talent. Comme journaliste, il a excellé dans les
genres les plus opposés, dans la polémique sérieuse aussi bien que dans cette polémique légère,
qui fait son métier gaîment [65], et pour laquelle
la nature semblait s'être plue à l'armer de toutes
pièces. Comme philosophe et comme homme politique, il a montré une vigueur de pensée, une
hauteur de vues, une richesse de connaissances,
auxquelles il n'a manqué que de plus grands dé-
veloppements et de plus larges proportions pour
le mettre tout-à-fait au premier rang. Comme
écrivain, il a su allier les qualités les plus diverses. Son style que gâte quelquefois un peu trop

d'apprêt, est tour-à-tour pompeux, énergique, incisif, original ; il a de l'éclat et de l'harmonie, de la souplesse et de l'abondance, du mordant et de la verve, de l'élégance et de la clarté ; il rend toujours l'idée en la colorant et la met en relief par l'image sans nuire à sa précision ; on y sent comme un souffle de ces grands maîtres de l'antiquité, que Rivarol avait étudiés avec amour et dont il fut toujours un des plus fervents disciples.

Mais ce qui caractérise particulièrement Rivarol, c'est cette prodigieuse facilité d'improvisation, cette éloquence prime-sautière, ce jet incessant de saillies, véritable feu d'artifice aux gerbes éblouissantes, aux bouquets étincelants, qui firent de lui le plus beau causeur du dix-huitième siècle [66]. Dans ce siècle où l'esprit de société, l'art de converser étaient si répandus et si appréciés, nul ne mania mieux que lui cette langue des salons à la fois délicate, vive, spirituelle,

enjouée « qui ne s'apprend pas dans les livres »
et qui, remplie de nuances fugitives, est plus
que toute autre soumise aux capricieuses fantai-
sies de la mode; langue que la France a portée
au plus haut degré de perfection, qui constitue
pour elle une sorte de privilége, et que tous les
peuples lui envient plus encore peut-être que
celle de sa littérature, en s'efforçant vainement
de l'imiter ([67]).

Lamartine, dans son *Cours familier*, parle
ainsi de M. Thiers considéré comme orateur :
« Il avait pris la massue de Mirabeau et il en
» avait fait des flèches. Il en perçait à droite et à
» gauche les assemblées. Sur l'une é'ait écrit
» *Raisonnement ;* sur l'autre, *Sarcasme ;* sur
» celle-ci, *Gráce;* sur celle-là *Passion.* C'était
» une nuée ; on n'y échappait pas. »

Ce que Lamartine dit des discours de M Thiers,
pourrait presque être appliqué à la conversation

de Rivarol. Les flèches de son carquois, de ce
carquois inépuisable qui ne le quittait jamais,
ressemblaient beaucoup à celles qui sont si bien
dépeintes dans cette ravissante esquisse. Fa-
çonnées comme elles par la grâce, le sarcasme,
le raisonnement, la passion, qui les avaient aussi
marquées de leur cachet, elles présentaient la
même variété; elles portaient les mêmes empreintes; elles étaient lancées avec la même habileté, tantôt avec un abandon plein de charme,
tantôt avec une vivacité ou une force indicibles,
et on n'y échappait pas davantage. C'est par là
principalement que Rivarol eut de l'action sur son
temps, et ses œuvres ne sont « qu'une épreuve
affaiblie de lui-même ([68]) ». On n'a qu'à se rappeler l'importance du rôle que jouaient alors
ces salons où il trônait au milieu d'un auditoire
suspendu à ses lèvres, pour juger de l'empire
qu'exercèrent cette voix animée, cette imagination prompte, cette élocution prestigieuse, ce
courant d'esprit tout français, qui donnaient

tant d'attrait au moindre entretien. Ce souvenir,
que nous ont transmis en traits de flamme de
chaleureuses amitiés, n'est plus pour nous qu'une
source de regrets. Il nous reste à peine quelques
lueurs des brillants éclairs de sa parole, et nous
avons perdu, aux succès faciles qu'elle lui valut,
des écrits d'une haute portée qui auraient été de
vrais chefs-d'œuvre, s'ils avaient répondu aux
espérances que ses précieuses ébauches devaient
faire concevoir. Fécondés par le travail (69), les
dons si rares que la Providence lui avait départis
avec tant de libéralité, auraient assurément enfanté des merveilles, surtout si, méditant les
terribles leçons de l'expérience, à un âge où souvent, dans le calme des passions, les bons instincts de l'humanité se réveillent, les ténèbres
de l'intelligence se dissipent et le flambeau divin
se rallume en nous, il s'était enfin appuyé sur
la moralité et sur la foi. Quelle puissance n'a-
joutent-elles pas au talent, ces pures et saintes
croyances du christianisme dont Rivarol eut le

malheur de méconnaître la sublimité, quand elles
ont pénétré jusqu'au fond du cœur, avec toutes
les vertus qui les accompagnent, quand elles y
ont opéré cette transfiguration intérieure qui
rend à l'homme sa dignité primitive et le rapproche de son Dieu ! Sans le secours de ce levier
surnaturel, les plus grands génies ne sauraient
prendre tout leur essor. « L'homme a besoin de se
» sentir soulevé par quelque chose de céleste »,
a dit admirablement Montaigne par une de ces
heureuses inconséquences que l'on rencontre
plus ou moins chez tous les sceptiques et qui
servent à faire encore mieux éclater la vérité.

Maintenant, si l'on ne tient compte que de ce
qu'il nous a laissé, Rivarol, n'ayant rien fait de
complet, ne doit, ce nous semble, être classé,
en définitive, que parmi les écrivains du second
ordre, quoiqu'il se soit quelquefois élevé au niveau des plus illustres. Mais aussi, malgré les
défauts qui déparent la plupart de ses ouvrages,

il mérite d'occuper dans cette sphère une place
distinguée , à cause de l'incontestable supériorité
de son esprit; et tout en regrettant qu'une nature
si richement douée ait été en quelque sorte dé-
tournée de sa voie par des travers qui ne lui permirent pas de se montrer plus prodigue de ses
trésors , on ne peut que féliciter l'Académie du
Gard d'avoir essayé d'appeler l'attention publique sur cet homme remarquable dont notre dé-
partement a bien le droit de s'enorgueillir. Nous
voudrions qu'il nous eût été donné de réussir à
raviver quelques-uns des rayons de son ancienne
auréole , à dégager d'une renommée jadis si brillante, aujourd'hui presque évanouie , la parcelle
d'immortalité qui s'y mêlait à des titres éphémères , et qui devrait, à elle seule, assurer perpétuellement au nom de Rivarol un juste tribut
d'hommáges (70).

FIN.

NOTES.

---

(1) *Constitutionnel du* 26 octobre 1851.

(2) On a prétendu que la popularité, excessive peut-être, dont Rivarol avait joui pendant sa vie, dégageait la postérité de toute obligation envers lui ; nous regardons cette opinion comme fort exagérée.

(3) Une satire pleine de fiel, attribuée à Marie Chénier, l'un des ennemis les plus ardents de Rivarol, lui fait dire :

> C'est dans *Bagnols* que j'ai vu la lumière
> Au cabaret où feu mon pauvre père
> A juste prix faisait noce et festin.

On lit dans une autre satire les vers suivants qui sont mis également dans la bouche de Rivarol :

> Devers *Bagnols*, au fond de ma tanière,
> Ayant trop bu du vin de feu mon père....

L'acte dont on nous a parlé, est un acte relatif à la

vente d'une petite maison située dans la rue de la Cura-
terie à Nimes et appartenant au père de Rivarol. Nous
n'avons pas pu seulement connaître la date de cet
acte.

(4) Chamfort écrivait dans un de ses pamphlets
contre Rivarol : « Les grands hommes du XVIIᵉ siècle
» allaient au cabaret ; celui-ci y est né. » Il lui contestait
non seulement sa noblesse, mais encore son nom : « Le
» nommé Riverot, père de M. le *comte* de Rivarol,
» était aubergiste dans le bourg de Bagnols. Il a exercé
» cette profession hospitalière avec une noblesse qui
» préparait celle de son fils. »

(5) Rivarol avait créé pour Buffon cette expression :
« la solennité du style. » Du reste il était loin de chercher toujours à le flatter ; car il disait de Buffon le fils :
« c'est le plus pauvre chapitre de l'histoire naturelle
» de son père. » Plus tard même il se laissa aller à
persifler ce grand homme dans la parodie du *Songe
d'Athalie* où Mᵐᵉ de Genlis, qui fut si souvent l'objet
de ses attaques, raconte ainsi le rêve qu'elle a fait :

> C'était dans le repos du travail de la nuit.
> L'image de Buffon devant moi s'est montrée
> Comme au jardin du roi pompeusement parée.
> Ses erreurs n'avaient point abattu sa fierté :
> Même il usait encor de ce style apprêté,
> Dont il eut soin de peindre et d'orner son ouvrage,
> Pour éviter des ans l'inévitable outrage.
> . . . .

(6) Le duc de Brancas à qui l'on proposait de sous-
crire à une nouvelle édition de l'Encyclopédie, répondit:
« l'Encyclopédie? à quoi bon, quand Rivarol vient chez
» moi? »

(7) M. Villemain, dans un tableau animé des salons
du XVIIIe siècle, met en scène « ces gens d'esprit qui
» n'écrivaient pas et qui n'en avaient peut-être que
» plus d'esprit. Ceux-là, dit-il, composaient dans les
» salons. Un bon mot, un agréable écrit, une contro-
» verse, quelquefois calculée d'avance, mais vivement
» soutenue, voilà leurs ouvrages. Souvent le bon mot,
» l'ingénieux paradoxe était répété par l'auteur dans
» différentes maisons; c'étaient les éditions successives
» du livre. » Il semble qu'en écrivant ces lignes spiri-
tuelles M. Villemain ait eu en vue Rivarol; seulement
chez Rivarol, rien n'était jamais calculé d'avance.

(8) En parlant des hommes qui, sans avoir eux-mêmes
rien écrit, s'érigent en censeurs sévères et critiquent
tout avec amertume, Rivarol disait : « C'est sans doute
» un grand avantage de n'avoir jamais rien fait; mais
» il ne faut pas en abuser. » Que de gens en effet abusent de cet avantage, le seul dont ils puissent se pré-
valoir !

Dans un article ironique sur un auteur inconnu,
Rivarol disait encore, au sujet des détracteurs et des
jaloux : « L'envie qui crie et gesticule est souvent mal-
» adroite; l'envie qui se tait est bien plus à craindre ! »

Ce qui de sa part n'était là qu'une ironie, est, dans maintes circonstances, une vérité. Qui n'a remarqué l'effet produit dans certains cas par ce qu'on appelle *la conspiration du silence !*

Si, à l'égard du *Discours sur l'universalité de la langue française*, les dénigrements de l'envie furent poussés beaucoup trop loin, il y eut, d'un autre côté, une grande exagération dans l'éloge. Rivarol reçut une épître en vers qui se terminait ainsi :

> Et de Voltaire absent console un jour le monde.

Voici maintenant la contre-partie de cette hyperbolique flatterie :

> Berlin a couronné l'insipide harangue
> Que, sans trop la savoir, tu fis sur notre langue.

Chamfort est encore plus mordant : « Le discours de » Rivarol sur la langue française n'est au fond qu'une » longue ironie, une caricature bizarre dans laquelle » il se moque de la langue italienne, de la langue espa- » gnole, et encore plus de la langue française. Plu- » sieurs personnes le devinèrent à la bigarrure des » styles, aux anachronismes, aux plagiats, au tortil- » lage des idées et au grotesque des expressions ; mais » le grand nombre prit à la lettre cette bouffonnerie » sérieuse. Il faut convenir qu'il est bien gai à un jeune » gentilhomme de mystifier, pour son début, deux » grandes villes comme Paris et Berlin. » Mais, tout en voulant être méchant, Chamfort, on le voit, con- state lui-même le succès de l'ouvrage.

(9) « La langue s'enrichit, dit Rivarol dans un pas-
» sage de son discours, à la révocation de l'édit de
» Nantes, de tout ce que perdait l'Etat. Les réfugiés
» emportèrent dans le Nord leur haine pour le prince
» et leurs regrets pour la patrie, et ces regrets et
» cette haine s'exhalèrent en français. »

(10) Rivarol comparait l'Angleterre, avant l'insurrection des Américains, à un immense triangle dont
la base était dans les deux Indes et la pointe à l'em-
bouchure de la Tamise : « La postérité, disait-il,
» aura peine à croire qu'un si petit peuple ait joui
» d'une si grande prospérité. »

(11) Lamartine, *Cours de littérature*.

(12) Lamartine, *Cours de littérature*.
Voici un passage de M. de Maistre sur le même
sujet, c'est-à-dire sur l'universalité et l'action civili-
satrice de la langue française : « La Providence qui pro-
» portionne toujours les moyens à la fin et qui donne
» aux nations comme aux individus les organes né-
» cessaires à l'accomplissement de leur destination,
» a précisément donné à la nation française deux ins-
» truments et, pour ainsi dire, deux bras avec lesquels
» elle remue le monde, sa langue et l'esprit de pro-
» sélytisme qui forme l'essence de son caractère.....
» La puissance, j'ai presque dit la *monarchie* de la
» langue française, est visible ; on peut tout au plus

» faire semblant d'en douter. « *(Considérations sur la France)*.

(13) *Lettre de Rivarol à l'abbé Romans* : « Avec le
» goût que vous me connaissez pour le *far niente* ;
» vous serez surpris que je me sois livré à un travail
» aussi pénible que celui de la traduction et que j'aie
» précisément choisi le plus bizarre et le plus intrai-
» table des poètes. Un défi de M. de Voltaire m'en-
» gagea, et une plaisanterie assez piquante acheva de
» me déterminer. Ce grand homme dit tout haut que
» je ne traduirais jamais le Dante en style soutenu ;
» ou que je changerais trois fois fois de peau avant de
» me tirer des pattes de ce diable-là. »

(14) *Art poétique* :

> De la foi d'un chrétien les mystères terribles
> D'ornements égayés ne sont point susceptibles.
> L'Evangile à l'esprit n'offre de tous côtés
> Que pénitence à faire et tourments mérités,
> Et de vos fictions le mélange coupable
> Même à ses vérités donne l'air de la fable.

Le pieux Racine n'osait toucher aux mystères
chrétiens que dans une version des hymnes. Le père
Lemoine et Chapelain avaient seuls essayé à cette
époque d'introduire le merveilleux chrétien dans
l'épopée ; mais les tristes essais de ces poètes à demi-
barbares n'étaient pas faits pour modifier les idées
accréditées par l'*Art poétique*.

(15) Nous nous félicitons d'avoir l'occasion de rendre hommage à la mémoire de Frédéric Ozanam qui fit de l'étude du Dante la grande passion de sa vie littéraire. « Ozanam , dit Lamartine, fut le saint Jean de » la philosophie chrétienne du moyen-âge ; il s'endor- » mait sur le sein de son maître bien-aimé , Dante , » et il y faisait de divins songes. » Hélas ! pourquoi faut-il que sa plume éloquente ait été sitôt brisée par une mort précoce !.... Nous avons eu le bonheur de connaître cet homme éminent dont l'âme vraiment angélique , après avoir offert , sous sa forme la plus parfaite, l'alliance de la charité , de la science et de la foi , s'est hâtée de retourner dans sa céleste patrie en laissant sur la terre, comme un souvenir éternel , le plus ineffable parfum de sainteté. Nous avons vu de près , dans une douce intimité , cette nature d'élite qu'on ne pouvait approcher sans se sentir meilleur , et c'est là sans contredit un des plus grands bienfaits que la Providence nous ait accordés.

Dans une relation du séjour que fit Ozanam aux Eaux-Bonnes pour essayer de ranimer ses forces épuisées , un ami qui l'y avait accompagné , s'écrie , en parlant des heures délicieuses qu'il avait passées auprès de lui : « O Seigneur ! combien je vous re- » mercie de m'avoir donné ces heures ! » Que de fois , en le quittant à la suite d'un de ces entretiens où, avec une modestie et une simplicité adorables , il prodiguait , comme sans le savoir , tous les trésors de son esprit et de son cœur , nous avons éprouvé une im-

pression pareille , et nous avons adressé à Dieu les
mêmes remercîments ! Que de fois , dans l'élan de
notre reconnaissance , nous l'avons béni de nous
avoir permis d'aspirer comme un souffle de cette âme
qu'il s'était plu à parer de tous ses dons ! Aujourd'hui
même nous ne pouvons nous reporter par la pensée à
ces jours heureux sans être vivement ému.

Parmi les plus illustres contemporains d'Ozanam ,
nul ne fut environné d'une admiration plus affec-
tueuse : la bonté unie au talent a une si grande puissance de séduction ! Ozanam avait un fond de bienveillance inépuisable qui s'épanchait sur tout ce qui
l'entourait , qui le rendait affable et doux envers tout
le monde et qui prêtait à sa personne un charme infini , quoique Dieu eût voulu qu'il n'eût que la beauté
morale. Aussi, même aux époques les plus orageuses,
il compta de nombreux amis dans tous les camps.
Malgré l'ardeur bien connue de ses convictions religieuses et la fermeté qu'il déploya toujours dans la
défense des vérités de la foi, la plupart des hommes
qui ne partageaient pas ses croyances , s'avouaient
forcés non seulement de l'estimer , de le respecter ,
mais encore de l'aimer. Comme par l'effet d'un attrait
irrésistible , il s'emparait du cœur de tous ceux à qui
il donnait le sien , et le sien était tout à tous , en
dépit des divergences d'opinions les plus prononcées.
Il a conservé jusqu'à la fin , dans tout son éclat , la
popularité dont il jouissait, surtout dans les rangs de la
jeunesse chrétienne , accoutumée à voir en lui son

guide et son modèle. Sa mort, si belle et si sainte, si digne, en un mot, de sa vie, a excité d'universels regrets. Les lettres et la religion qu'il a honorées par d'admirables travaux et par des œuvres plus admirables encore, lui ont tressé des couronnes immortelles, et de tous les points de la France les bénédictions du pauvre sont montées avec lui vers le ciel ; car il a été un des principaux fondateurs de la société de Saint-Vincent-de-Paul, et, avant qu'il fût ravi à notre amour, le grain de sénevé qu'il avait semé dans le champ fécond de la charité, de concert avec quelques jeunes gens animés du même esprit, était devenu un arbre immense qui couvrait de ses rameaux le monde catholique. Naguère cet arbre dont le rapide développement a vraiment quelque chose de miraculeux, recevait, dans la plus auguste des solennités, la consécration du Père commun des fidèles. Le souvenir d'Ozanam était tout vivant au milieu de cette scène imposante, et sa grande âme a sans doute tressailli d'allégresse à la vue de ce magnifique spectacle.

C'est à sa généreuse impulsion qu'est due la première tentative qui fut faite à Nimes en 1834 pour constituer une conférence de Saint-Vincent-de-Paul. Exerçant le plus noble des prosélytismes, il faisait servir à l'expansion de son œuvre de prédilection toutes ses relations d'amitié. Nous conservons comme un précieux héritage les lettres ravissantes où il cherchait à stimuler notre zèle, où il nous encourageait à persévérer après un premier essai de courte durée, et où il

13

nous exprimait enfin toute sa joie, quand les efforts de
deux hommes (*) plus dignes que nous d'être les instruments de la Providence dans cette pieuse entreprise,
eurent été définitivement couronnés par le succès.
Quelle gloire pour un chrétien que celle d'avoir marqué son passage ici-bas par l'établissement d'une des
plus belles institutions des temps modernes ! Celle qui
fut Béatrice pour ce jeune disciple du Dante, celle qui
eut la douce mission d'embellir et de charmer son existence, celle qui, pendant douze ans, le soutint, selon
ses propres expressions, d'un regard et d'un sourire,
a dû puiser de bien grandes consolations, des consolations mêlées d'un orgueil bien légitime, dans les
manifestations qui ont eu lieu autour de son cercueil,
dans ce concert unanime d'éloges où il ne s'est pas
rencontré une seule note discordante, dans ces larmes
répandues, sur une tombe prématurément ouverte, par
des hommes venus des points les plus opposés. Puissent ces lignes écrites sous l'inspiration d'un sentiment
profond, en présence de l'image chérie et vénérée qui
est toujours là près de nous pour nous rappeler, avec
les traits du bon Ozanam, ses vertus et ses exemples,
verser encore dans un cœur si cruellement éprouvé
quelques gouttes de ce baume divin qui adoucit l'amertume de toutes les douleurs !

(16) Il n'y avait pas un quartier de Paris qui n'eût
deux ou trois bureaux de bel esprit. On jouait des co-
médies du crû chez Mme Moreau, artiste en robes,

(*) M. Monnier, ancien professeur de l'institution de l'Assomption, et M.
Philippe Eysselte, ancien maire de Nimes.

et chez Charpentier , cordonnier , comme dans les plus beaux hôtels du faubourg Saint-Germain.

(17) Voici , à l'appui de notre assertion, un madrigal extrait d'un de ces recueils poétiques, et nous sommes loin d'avoir choisi le plus ridicule :

> Comme Cypris ,
> Vous avez le talent de plaire ;
> Comme Cypris ,
> Vous enchainez les jeux , les ris ;
> A Gnide , à Paphos , à Cythère ,
> Vous savez triompher , Glycère ,
> Comme Cypris.

(18) « Dans la *Clélie* de Mlle de Scudéry , dit M. Cou-
» sin dans l'introduction de son dernier ouvrage inti-
» tulé: *La Société française au* XVIIe *siècle*, la fadeur
» est partout et passe toute mesure ; c'est là que *jus-*
» *qu'à je vous hais, tout se dit tendrement...* On y dis-
» serte à perte de vue sur toutes les nuances de l'amour,
» et on y trace cette fameuse carte du Tendre , où sont
» marqués le lac d'Indifférence , le bourg du Respect ,
» les villages de Billet-Doux, de Billet-Galant, de
« Jolis-Vers , de Complaisance , de Soumission , de
» Petits-Soins, d'Assiduité , d'Empressement, de Sen-
» sibilité , jusqu'à la ville du Tendre , sur le fleuve de
» l'Inclination, tout-à-côté de la Mer-Dangereuse, etc.»
La licence des mœurs avait fait tant de progrès , à l'époque qui nous rappelle à certains égards ces bille-

vesées sentimentales , que le bourg du Respect et ses
dépendances n'étaient guère mis à contribution pour
ces merveilleuses *Étrennes* soi-disant *lyriques* ; mais
les villages de Billet-Doux et de Billet-Galant fournis-
saient des montagnes de bouquets à Iris ; et , pour
continuer la figure imitée de Mlle de Scudéry, nous
ajouterons qu'il n'était fait que de rares emprunts au
village de Jolis-Vers.

(19) Traduction d'un vers du Dante.

(20) Rivarol dédie le *Petit Almanach des Grands
Hommes* à l'un de ces *grands hommes* , président d'un
cercle à la mode connu sous le nom de Musée de Paris.
Il le représente marchant à la tête de six cents jeunes
poètes : « Notre Almanach sera pour eux, dit-il, le
» livre de vie, puisque l'homme le plus inconnu y re-
» cevra de nous un brevet d'immortalité. Nous ferons
» au plus modeste une douce violence , et l'on ne verra
» plus tant d'écrivains exposés à ce cruel oubli qui les
» gagne de leur vivant ou à ces équivoques plus outra-
» geantes encore , qui font qu'on les prend sans cesse
» l'un pour l'autre. Feu Voltaire , dont vous avez peut-
» être ouï parler , disait toujours *l'abbé Suard* et
» *M. Arnaud* , et on avait beau lui représenter qu'il
» fallait dire *M. Suard* et *l'abbé Arnaud* , le vieillard
» s'obstinait et ne voulait pas changer les étiquettes ,
» ni déranger pour eux une case de son cerveau. Notre
» Almanach eût prévenu ce scandale ; car sans doute

» l'auteur du *Pauvre Diable* nous aurait souvent con-
» sultés. »

(21) Pour se venger du mauvais tour qu'on lui avait
joué en lui attribuant dans le *Journal de Paris* des vers
détestables mis au bas d'un buste de Louis XVI , Rivarol se donne lui-même une place dans son *Petit Almanach* , et de la façon la plus originale :

« *M. le comte de Rivarol*. Cet écrivain n'eût jamais
» brillé dans cet Almanach , et le jour de l'immortalité
« ne se fût jamais levé pour lui, si M. le marquis de
« Ximénès n'eût bien voulu , pour le tirer de son obs-
» curité , l'aider puissamment d'une inscription en vers,
» destinée à parer le buste du roi. Cette petite ins-
» cription fit un bruit incroyable. Le *Journal de Paris*
» s'en chargea , et c'est là que M. de Ximenès en donna
» l'investiture à M. de Rivarol dont le nom, depuis
» cette époque , figure assez bien dans toute la litté-
» rature qu'on dit légère. Les *Étrennes d'Apollon*
» l'ayant enregistrée dans la même année, achevèrent
» de donner à M. de Rivarol une gloire irrémédiable.
» Notre notice redressera sans doute le plagiat et l'er-
» reur, et quoique ceci ne soit pas un vol , mais un
» don, il n'en restera pas moins que la délicatesse de
» l'un devait s'opposer à la générosité de l'autre. On
» ne connaît sous le nom de M. de Rivarol que cette
» inscription. »

(22) Rivarol dépeignait Lebrun , le matin , dans son

lit, assis sur son séant, entouré d'Homère, de Pindare, d'Anacréon, de Virgile, d'Horace, de Racine, de Boileau, etc., et pêchant à la ligne un mot dans l'un, un mot dans l'autre, pour en composer ses mosaïques poétiques.

(23) Voici quelques extraits de ces chansons, de ces satires, où les bornes de la décence furent presque toujours dépassées, et où ne se rencontrent que trop souvent des choses que, par pudeur, nous ne pouvons reproduire ; elles se ressentent de la corruption d'un temps dans lequel la plupart des écrivains prenaient plaisir à tremper leur plume dans la fange, comme l'auteur de *la Pucelle.*

« Chanson contre M. le comte de Senoncourt, fils d'un
» aubergiste flétri, par arrêt de cour souveraine, pour
» avoir fait payer un bouillon et deux œufs quatre
» louis au gouverneur de sa province, auteur de plu-
» sieurs libelles et entre autres du *Petit Almanach des*
» *Grands hommes* :

> Jadis je tournais la broche,
> Aujourd'hui je suis seigneur ;
> Je suis comte sans reproche,
> Et je prouve ma grandeur ;
> Car le roi de la bazoche,
> Pour m'accorder cet honneur,
> Me fit clerc de procureur.
>
> . . . .
>
> Jadis je versais à boire,

Et pour changer aujourd'hui,
Je mange le bien d'autrui.

. . . .

De nos aïeux ici je parle en maître ;
(Je suis bon fils, je voudrais les connaitre).

. . . .

Amis vos vers, votre notice,
Votre Almanach sont d'un goût excellent,
Tous vos journaux, pleins d'esprit, de justice ;
Cotin lui-même avait moins de talent.
Aucuns pourtant, gens d'une humeur caustique,
Osent se plaindre ; ils disent qu'un critique,
De ce qu'il sait doit parler seulement.
De ce qu'il sait ? Voyez quelle insolence !
Qu'ils sont rusés, mon ami ! mais vraiment,
Ils voudraient donc vous réduire au silence ?

. . . .

Le Dante a vu par vous, dans une prose aride,
Se dessécher le nerf de son style rapide,
Et son noir Ugolin en dameret changé.

. . . .

N'allez plus désormais, parodiant Racine,
Coudre à de vils lambeaux une scène divine.
Croyez-moi, retournez aux rives du Gardon.

. . . .

De vos nobles aïeux cultivez l'héritage,
Et plantez-y des choux : les choux, dans votre ouvrage,
Ont avec les navets caqueté longuement ;
Il vaut mieux s'en nourrir et vivre honnêtement.

Il y a du vrai, selon nous, dans les appréciations

de cette dernière satire ; le jugement que nous avons porté sur certaines œuvres de Rivarol s'en rapproche beaucoup.

Ailleurs on l'appelle

Tavernier de cuistre fait comte...
Enfant perdu de la littérature,
Vrai Don Quichotte et chercheur d'aventure...

Chamfort dit à propos du *Petit-Almanach* : « Sa ma-
» gie créa tout-à-coup un peuple de grands hommes ;
» Deucalion jetant des pierres derrière lui , et Jupiter
« transformant les fourmis en hommes pour repeupler
» l'île d'Egine, parurent moins féconds; fécondité d'au-
« tant plus merveilleuse qu'elle ne lui coûta qu'une
» seule plaisanterie. Son talent procède comme la
» nature, économe dans les moyens , prodigue dans les
» formes. »

(24) *Art poétique* :

Que ses vers *épurés aux rayons* du bon sens.....

(25) Entr'autres , *la réponse de la couleuvre à Mme de Genlis* , qui est d'une inconvenance d'autant plus blâmable qu'elle est adressée à une femme :

Qu'est–ce que le venin que parfois je distille ,
Au prix du fiel que vous versez ,
Et des poisons de votre style ?
. . . .
Tout serpent avec vous s'instruit et se console...

Et il y a pire encore que cela dans ce qui suit ! Voilà

pourtant ce qu'on a eu la malencontreuse idée d'insérer
dans les œuvres *choisies* de Rivarol !

(26) Revue contemporaine , *Les publicistes du* XVIIIe
siècle , par A. Franck , de l'Institut.

(27) « Que j'aime bien mieux , ajoute Rivarol, la
» charité de je ne sais quel homme de lettres! Un
» pauvre l'aborde et lui ayant fait une énumération
» touchante de toutes ses misères, finit par lui parler
» de la Vierge Marie : *Ah! mon ami , que faites-vous*
» *là*, lui dit l'homme de lettres! » et il se hâta de lui
» donner l'aumône, de peur qu'il n'achevât de gâter
» ses affaires. » Nous citons cette anecdote et les mar-
ques d'approbation dont Rivarol l'accompagne, parce
que rien, à notre avis, ne saurait mieux peindre l'esprit du temps. Tout cela est bien digne du siècle qui
a produit des philosophes capables de se vanter d'être
les bienfaiteurs de l'humanité en la délivrant de Dieu !

(28) Voici , par exemple , une de ces pensées qui est,
à notre avis, très belle et très bien rendue : « Tout
» homme qui s'élève, s'isole, et je comparerais volon-
» tiers la hiérarchie des esprits à une pyramide. Ceux
» qui sont vers la base répondent aux plus grands
» cercles et ont beaucoup d'égaux; à mesure qu'on
» s'élève, on répond à des cercles plus resserrés; enfin
» la pierre qui surmonte et termine la pyramide, est
» seule et ne répond à rien. »

(29) « Pascal, dit Rivarol, remarque que *nous avons*
» *une impuissance à prouver invincible à tout le dog-*
» *matisme*, et par là il exclut toutes les religions ;
» que *nous avons une idée de la vérité invincible à tout*
» *le pyrrhonisme*, et par là il établit à tout jamais la
» morale. » Ce qui ressort réellement de la remarque
de Pascal, c'est l'insuffisance de la raison et la nécessité de la foi, et telle était la véritable pensée de ce
grand homme qui fut toujours un chrétien sincère.
Dans le passage même d'où Rivarol a extrait ce qu'il
cite, on lit quelques lignes plus bas : « Jamais personne,
» *sans la foi*, n'est arrivé à ce point où tous tendent
» continuellement, c'est-à-dire, à la connaissance de
» la vérité. »

(30) Rivarol finit sa lettre sur la morale par un grand
éloge de la Chine « où, dit-il, les premiers hommes
» de l'Etat, les lettrés et les nobles, professent publi-
» quement, les uns le théisme pur, les autres l'a-
» théisme, tandis que le peuple est surchargé de reli-
» gions de toute espèce ; si bien que l'on voit d'un côté
» les chefs de l'Etat, la vertu, la science et l'incrédu-
» lité, de l'autre le peuple, l'ignorance, la religion et
» tous les vices.» Du reste il était alors de mode, parmi
les philosophes et les économistes, de vanter avec
emphase les institutions de la Chine ; elles réalisaient
pour eux le beau idéal, parce que la Chine n'avait pour
aristocratie que des lettrés et que la philosophie y avait
plus complètement triomphé qu'ailleurs de la religion.

(M. de Tocqueville, *De l'ancien régime et de la révolution.*)

(31) L'abbé Feller fait l'éloge des principes contenus
dans les *Lettres sur la religion et sur la morale.* Evi-
demment il en parle sans les avoir lues et d'après quelques phrases isolées qui ont pu le tromper sur le véritable esprit de ces lettres, mais qui rapprochées de
l'ensemble, ne font ressortir que la plus déplorable
confusion d'idées. C'est ainsi que trop souvent on écrit
l'histoire ! Cela prouve combien il est nécessaire de remonter soi-même aux sources et de ne croire personne
sur parole, quand on veut faire une étude sérieuse.

(32) M. de Tocqueville, *De l'ancien régime et de la
révolution.*

(33) Villemain, *Cours de littérature.*

(34) Les services que Rivarol rendit à la cause de
l'aristocratie, ne firent pas cesser les quolibets dont il
était souvent l'objet. Un jour, en parlant de la révolution, Rivarol s'écriait dans un salon : « Nous avons
» perdu nos droits ! » M. de Créqui disait à voix basse :
Nous avons !.... Eh bien ! reprit Rivarol, qu'est-ce que
vous trouvez de singulier dans ce mot ? — C'est votre
pluriel que je trouve singulier, répondit M. de Créqui.

(35) « Le roi Louis XIII, dit M. Cucheval-Clarigny

» dans son *Histoire de la presse en Angleterre et aux*
» *Etats-Unis*, était un des lecteurs assidus de la *Ga-*
» *zette* de Renaudot, et on a même prétendu qu'il y
» avait écrit quelquefois. Ce qui est hors de doute,
» c'est que Richelieu communiquait à Renaudot les
» faits qu'il avait intérêt à ébruiter, et lui confiait par
» extrait ou en totalité les pièces diplomatiques dont il
» voulait porter le contenu à la connaissance du public.
» Il faut croire que les gouvernements étrangers en
» conçurent quelque ombrage et mirent obstacle à la
» circulation de la *Gazette*; car on lit dans un des
» numéros de l'anné 1636 : « Je ferai la prière aux
» princes et aux états étrangers de ne perdre point
» inutilement le temps à vouloir fermer le passage à
» mes nouvelles, vu que c'est une marchandise dont
» le commerce ne s'est jamais pu défendre, et tient cela
» de la nature du torrent, qu'il se grossit par la résis-
» tance » N'est-ce pas là comme le premier cri jeté
en faveur de la liberté de la presse? un tel langage
semble appartenir à une époque bien plus avancée.—
Dans une gravure conservée à la bibliothèque impé-
riale, la *Gazette* est représentée trônant sur une espèce de tribunal. Sa robe est parsemée de langues et
d'oreilles. Le Mensonge qu'elle a forcé de lever son
masque, la regarde d'un œil courroucé ; la Vérité au
contraire lui sourit. Au pied du tribunal, Renaudot
remplit les fonctions de greffier. On voit autour de lui
quelques personnes qui lui offrent de l'argent; mais il
les repousse et détourné la tête. — L'année 1650 vit

naître la *Gazette burlesque* de Loret, journal en vers ainsi nommé, « parce que, dit un auteur contemporain, » il rapportait ce qui se passait, et qu'il le faisait en » style plaisant et agréable. » Chaque feuille était décorée, en guise de titre, d'une épithète plus ou moins bizarre, comme *longuette*, *ambulatoire*, *assaisonnée*, *goguenarde*, *piteuse etc*, et était adressée à la princesse de Longueville qui patronait ouvertement le poète courtisan. Il y a quelquefois de la verve et de l'entrain dans la *Gazette burlesque*; de plus elle est bonne à consulter pour une foule de faits particuliers, d'usages, d'anecdotes se rapportant au temps de la fronde. Les caquets rimés du gazetier Loret eurent une très grande vogue; mais il fut aussi en butte à d'amères critiques. Nous citerons le passage dans lequel il peint l'embarras où le jettent ces critiques, pour donner une idée de cette singulière publication. Loret dit en parlant de ses vers :

Quelques beaux esprits modérés
Souhaitent qu'ils soient tempérés ;
D'autres veulent que la Gazette
Sente un peu l'épine-vinette.
Mais ces miens vers, quand ils sont tels,
Me font des ennemis mortels.
D'ailleurs ma rime n'est point bonne,
Quand je n'égratigne personne.
Bref, mes vers, tant ici qu'aux champs,
Sont *méchants* s'ils ne sont *méchants*.
Voyez quelle est mon infortune !

> Si je pique un peu, j'importune,
> Et lorsque je ne pique pas,
>   Mes vers sont froids et sans appas.

Quoi qu'il en soit, il se réjouit de ce que :

> Ses vers ne sonnent pas trop mal
> Dans le domicile royal ;
> Le roi, la reine et l'éminence
> Leur donnent souvent audience.

Voici une petite satire politique qui ne manque ni de piquant ni de finesse :

> Lysis ne sait quel parti prendre,
> Tant il a peur de se méprendre ;
> Madame la Fronde et la Cour
> Attirent son cœur tour-à-tour.
> Aujourd'hui, l'une le possède ;
> Uue heure après, l'autre l'obsède...
> A l'une, il dit : Je suis à vous ;
> A l'autre, il dit : Unissons-nous.
> On lui fait harangue ; il écoute,
> Il conteste, il balance, il doute,
> Il voit le mal, il voit le bien ;
> Mais enfin il ne résout rien.
> . . . .
> Sera-t-il Cour ? Sera-t-il Fronde ?
> Je n'en sais rien, foi de Normand !
> Et si je disais autrement,
> Mon audace serait extrême ;
> Car il ne le sait pas lui-même.

La *Gazette burlesque* paraissait régulièrement une

fois par semaine ; elle eut quinze ans d'existence. La collection entière fut réunie sous le titre de *Muse historique.* » Ce nom , dit l'éditeur , lui a été donné , » pour laisser celui de *Gazette* aux relations faites en » prose ; les siennes étant en vers , on se doit bien » imaginer qu'elles furent débitées par l'une des muses » et même par celle qui a l'intendance de l'histoire , » puisqu'elles nous fournissent des mémoires journa- » liers où toute l'histoire du temps est comprise. »

Ainsi ont paru presque en même temps, sur la scène du monde, le journal en prose , le journal en vers et la caricature unie au journalisme , qui plus tard sera appelée elle-même à jouer un si grand rôle politique. Nous avons pensé que ces détails sur les premiers temps de la presse intéresseraient nos lecteurs ; il nous a semblé qu'ils ne sauraient être indifférents aux commencements d'une puissance qui prendra un jour des proportions telles qu'un journaliste pourra écrire sans exagération : » Me voilà devenu un des nouveaux » pairs de France et un plus puissant seigneur qu'un » prince français. » (*Tribune des Patriotes*, 1792.)

[36] Tous les numéros du *Père Duchesne* étaient précédés de sommaires commençant ainsi : *Grande joie* ou *Grande colère* du *Père Duchesne* à l'occasion de.... Ces sommaires étaient criés dans les rues. Nous avions eu d'abord l'intention d'en citer quelques-uns ; mais il y a là un tel dévergondage de pensée et de style, la prose de cette horrible production d'Hébert,

de l'homme infâme qui, par ses odieuses accusations, força, on le sait, Marie-Antoinette *à en appeler à toutes les mères*, est tellement émaillée de jurons, que nous n'avons pas osé faire faire ainsi au lecteur une halte dans la boue. Et cependant il serait peut-être bon, sous certains rapports, de montrer jusqu'où allaient la violence et la grossièreté de ce terrible *Père Duchesne*, si justement représenté, en tête de son ignoble feuille, la pipe à la bouche, une carotte de tabac à la main, deux pistolets à la ceinture, brandissant une hache dont il menace un petit abbé qui lui demande grâce à genoux (car il y a en effet quelque chose de tout cela dans son style), et ayant pour épigraphe : *Memento mori*. Pour qu'un peuple en vienne à raffoler d'un si dégoûtant langage, ne faut-il pas qu'il ait momentanément perdu le sens moral? On ne saurait s'étonner qu'arrivé à un tel état d'égarement et de dégradation, ce peuple ait fait son idole de Marat à qui Camille Desmoulins lui-même disait dans les *Révolutions de France et de Brabant* : «Vous êtes le » dramaturge des journalistes. Les *Danaïdes*, les *Bra-* » *mécides* ne sont rien en comparaison de vos tragé- « dies. Vous égorgeriez tous les personnages de la » pièce et jusqu'au souffleur.. »

La *Mère Duchesne*, dans ses lettres inqualifiables, descend encore plus bas que son digne époux. On croit rêver, on croit être en proie à un affreux cauchemar, en lisant cette prose immonde, ramassée dans les bouges les plus infects.

Ce qui témoigne évidemment du succès obtenu par

le *Père Duchesne*, dont on s'arrachait partout les numéros et qui, dit-on, pénétra même dans plus d'un
boudoir, c'est qu'il eut de nombreux imitateurs ; c'était
un si brillant modèle ! Il y eut bientôt une variété infinie de *Pères Duchesnes* qui tous, d'une voix avinée,
(ils avaient des épigraphes telles que celles-ci : *Cas-
tigat bibendo mores*, — *In vino veritas*) parcouraient
toute la gamme des jurons en la surchargeant plus ou
moins de dièzes ou de bémols. Les nobles équivalents
de *goddam* semblaient être devenus le *fond de la langue*, comme dit Figaro.

Le parti monarchique avait voulu aussi avoir son
Père Duchesne ; il emprunta au vieux marchand de
fourneaux et son titre et son argot. Ce fut un tort ; il
aurait dû laisser aux hommes de désordre cette horrible littérature de cabaret. Il est regrettable qu'il n'ait
pas compris que, quelle que fût l'ardeur de la lutte,
il y avait des armes dont un parti qui se respectait,
devait s'interdire l'usage, et que d'ailleurs de semblables ripostes l'avilissaient, le déshonoraient à pure
perte ; car ce n'était pas en remplaçant, dans une publication ordurière, *mille millions de tonnerres* par *sacrées mille bûches de bois blanc*, ou autres gentillesses
de ce genre, et en jurant encore plus fort que ses adversaires, qu'il pouvait assurer le triomphe de sa cause.
Hélas ! cet esprit de vertige et d'erreur qui est le funeste avant-coureur du malheur des nations aussi bien
que de la chute des rois, s'était alors, pour ainsi dire,
emparé de tout le monde, et se mêlait, en les viciant,

aux plus nobles et aux plus généreuses tendances ; la
France ou du moins sa capitale fut un moment comme
un immense Charenton où des fous furieux devaient
finir par dominer au milieu d'insensés de toute espèce.

(37) Nous citerons : l'*Ecouteur aux portes* (épigraphe : Les murs ont des oreilles !) ; — Le *Furet parisien* (épigraphe : Je dévoilerai vos intrigues , trem-
blez !) ; — L'*Argus patriote* (épigraphe : *Audax et
vigilans*) ; — Le *Tocsin de Richard Sans-Cœur*, avec
ces deux vers :

> Aristocrate , tremble et redoute ma plume ;
> Elle sera pour toi plus dure qu'une enclume.

Le *Tocsin de la vérité contre les corps sans âme ou
les têtes à changer* ; — Le *Dénonciateur national* ;
— Les *Listes des ci-devant nobles , nobles de race,
demi-seigneurs , robins, financiers, intrigants et tous
les aspirants à la noblesse.* (Ép. : Si notre père Adam
eût eu le bon esprit d'acheter une savonnette à vilain,
nous serions tous nobles.) —L'*Espion des sections et
des autorités constituées*, journal qui fera tomber bien
des têtes.

(38) Il parut en 1789 plus de 150 journaux de tout
genre et de toutes couleurs. L'année suivante vit surgir 140 feuilles nouvelles. Paris était couvert de clubs,
et chacun d'eux avait au moins un organe dans la
presse. Il y avait des journaux *à deux liards* ; l'un de
ces journaux était même intitulé : *à deux liards, le*

journal. Les boulevarts , les places publiques , les principales rues de la capitale étaient encombrés de colporteurs dont les cris , se croisant de tous côtés , reproduisaient fidèlement la confusion qui régnait dans les idées et le choc des passions qui fermentaient dans tous les cœurs. On cherchait à exciter l'attention par les titres les plus bizarres , tels que *Le Déjeuner* ou *La Vérité à bon marché ;* — *Le Dîner* ou *La Vérité en riant ;* — *La Moutarde après dîner ;* — *L'Alambic* ou *le Distillateur patriote ;* — *La Lanterne magique nationale ;* — *La Feuille des paresseux* ou *Dire tout en peu de mots ;* — *Le Cousin de tout le monde ;* — *La Savonette républicaine ;* — *Le Singe, journal des espiégleries, singeries et minauderies :* — *La Trompette du père Bellerose ;* — *Le capitaine Tempête ;* — *Le compère Mathieu ;* — *Pendez-moi, mais écoutez-moi ;* — *Tout ce qui me passe par la tête , salmigondis d'un spectateur des folies humaines , ouvrage lunatique ;* — *La Rocambole des journaux ,* ou *Histoire aristo-capucino-comique de la révolution* par *Dom Regius anti-jacobinus et Cᵉ ;* — *C'est incroyable,* ou *Confession amphigouri-comi-tragique ;* — *La Poule patriote et son divorce avec le coq pour faits d'intrigues ;* — *Le Hoquet aristocratique ;* — *Finissez-donc , cher père ;* — *Ça fait toujours plaisir ;* — *Achetez ceci pour deux sous , et vous rirez pour quatre ;* — *Les Trois Bossus ;* — *Le Tonneau de Diogène ,* etc., etc. Un journal avait pour titre et pour épigraphe un juron ; il se... *moquait* de tout ce qui se disait , de tout ce qui se faisait ; le

juron revenait à tout propos , à chaque phrase. Il faut
croire que ce journal eut du succès ; car il dura plus
de deux ans ; ce qui est énorme pour ce temps-là , où
tant de feuilles ne faisaient que paraître et disparaître,
et vivaient à peine en quelque sorte l'espace d'un matin. Après la mort de certains journalistes marquants ,
on imprimait en tête du journal que *leur ombre* en
continuait la rédaction ; pendant plusieurs mois , l'*Ami
du Peuple* ou le *Publiciste parisien* fut rédigé par
l'*ombre de Marat*, l'*Ami du Roi* , par l'*ombre de
Royou*.

Les femmes elles-mêmes s'étaient mises de la partie ; l'*Observateur féminin*, encore plus connu sous le
titre de *Petits mots de M*ᵐᵉ *de Verte-Allure*, répon-
dait parfaitement au nom de son aimable rédacteur. A
la façon dont Mᵐᵉ de Verte-Allure soutenait la cause
de l'émancipation du beau sexe , on eût dit parfois que
la *Mère Duchesne* avait un peu déteint sur elle ; mais,
à tout prendre , l'*Observateur féminin* était aux lettres de la *Mère Duchesne* ce que *mille noms d'amour*,
expression favorite de Mᵐᵉ de Verte-Allure , est à
mille millions de tonnerres , locution qu'affectionnait tant le vieux couple hébertiste.

La bibliographie des journaux par Deschiens contient de précieux documents sur la presse de cette
époque. Quoique cet ouvrage ne soit guère qu'une
sèche nomenclature , il fournit cependant assez d'indi-
cations pour être plein d'intérêt. Tout est curieux dans
la presse de la révolution ; c'est là qu'on apprend

réellement à connaître la société d'alors. Il n'y a pas ━━━━━ d'étude plus instructive que celle de cet amas de journaux où elle se reflète tout entière, où elle est en quelque sorte daguerréotypée, et où l'on peut suivre jour par jour les diverses phases de l'opinion. C'est sans contredit le meilleur moyen de s'initier d'une manière complète à l'histoire de ce temps extraordinaire. Qu'on lise seulement le *Journal des Spectacles*, et l'on verra si la plupart des détails qu'il renferme, soit sur les pièces mêmes dont il donne l'analyse, soit sur les incidents qui se produisaient pendant les représentations, n'ont pas une grande valeur au point de vue purement historique.

Une des choses qui nous ont le plus vivement et le plus péniblement impressionné, c'est que dans plusieurs journaux du côté droit, surtout dans les journaux légers qui étaient si nombreux de ce côté, tout ce qui tenait à la religion, était presque toujours sacrifié. Ainsi le *Petit Gauthier*, l'une des feuilles les plus répandues dans le monde aristocratique, les *Sabats jacobites* de Marchant et autres, cherchaient souvent à amuser leurs lecteurs aux dépens des prêtres, des moines et des religieuses. Des railleries de cette espèce semblent plutôt appartenir aux plus mauvais journaux révolutionnaires qu'à des journaux se disant conservateurs dont le rôle n'était pas assurément de signaler, d'un ton badin, des faiblesses que les hommes irréligieux n'étaient que trop portés à exploiter en les exagérant outre mesure. Ce sont là des traits de mœurs qu'on ne saurait laisser

passer inaperçus, quand on veut approfondir les causes
de tous les malheurs que la France a eu à déplorer.

Outre les journaux grands et petits, il y avait encore
toutes les variétés du pamphlet proprement dit. Il
paraissait journellement une foule de publications dont
les titres n'étaient pas moins faits que ceux de la
plupart des journaux, pour piquer la curiosité. En
voici quelques-uns : *Ah ! vous ne voulez pas rendre
vos comptes ! — Quatre mots au sujet de mille et une
sottises ; — Laissez-vous écorcher et ne criez pas ;* —
" *Trente-six chandelles et le nez dessus, vous n'y*
" *voyez pas ; — La bouillie pour les chats ; — Prenez*
" *votre petit verre ; — La grande saignée suivie d'une*
" *application de sangsues. — Au diable le meilleur ;*
" *— Apothicaire patriote ou découverte importante*
" *d'une seringue nationale ; — Amende honorable*
" *d'un gros marquis devenu tambour ; — Ma malle*
" *pour l'autre monde ; — Les Prônes civiques ; — Le
Petit Carême de l'abbé Maury, sermons prêchés dans
l'assemblée des enragés,* etc., etc. " Nous passons sous
silence les titres ignobles qui rappelaient la langue
cynique du *Père Duchesne.* Toutes les presses de la
capitale pouvaient à peine suffire à l'impression des
écrits politiques de tout genre, de tout format, de
toute dimension dont elle était inondée ; c'est ainsi
que les flots d'encre précédaient les flots de sang.

Des lettres de Laporte, intendant de la liste civile,
adressées à Louis XVI, et ses états de dépenses prou-
vent clairement que la cour ne resta pas inactive

dans la lutte que les partis soutenaient à l'aide de tous
les instruments de publicité, depuis le journal jusqu'à
la caricature. Voici un extrait de ces lettres que donnait la *Revue contemporaine*, du 15 décembre 1857.
Cet extrait montre en même temps le peu de confiance
que l'entourage de Louis XVI avait dans l'efficacité de
pareils moyens : « Pour trois gravures, la première,
» *Fi*, *le Jacobin*, la seconde, mal faite, la *France*
» *sauvée*, la troisième, la même, mieux dessinée,
» mais encore manquée, il a été donné 500 fr. Tout
» ce que, dans ce moment-ci, je me hazarderai à dire
» à Votre Majesté, c'est qu'elle ne peut se dissimuler
» que les millions qu'on l'a engagée à répandre, n'ont
» rien produit, et que les affaires n'en vont que plus
« mal. »

(39) De Tocqueville, *de l'Ancien régime et de la
Révolution*, page 193.

(40) Villemain, *Cours de littérature.*

(41) C'est pour cela sans doute que le persiflage fut
l'arme favorite des classes aristocratiques.

(42) Les conditions de l'abonnement aux *Actes des
Apôtres* étaient ainsi annoncées : « On s'abonne chez
» Galtey, au prix de 9 f., payables en espèces sonnantes.
» On prévient néanmoins qu'on recevra des assignats,
» mais seulement à l'époque où ils auront fait monter
» le prix d'une salade à 20,000 fr. » — L'épigraphe du
prospectus était : *Liberté*, *gaîté*, *démocratie royale.*

(43) Allusion à la malheureuse phrase échappée à
Barnave qui en témoigna depuis tant de regret :
« Le sang qui coule est-il donc si pur ? »

(44) Les rédacteurs des *Actes des Apôtres* en voulaient
surtout à Mirabeau ; ils ne lui laissaient pas un jour
de répit. Il n'y a pas un chapitre où ils ne le déchi-
rent à belles dents ; ils lui prodiguent sans cesse les
épithètes les plus injurieuses, les imputations les plus
flétrissantes ; ils lancent contre lui les plus mordantes
épigrammes; ils ne reculent devant aucun moyen pour
abattre le géant de la révolution ; mais le géant se rit
de leurs traits impuissants ; il aurait pu dire de ses
ennemis, avec plus de vérité que le héros des *Fem-*
mes savantes, de l'auteur des satires :

> Ils m'attaquent à part comme un noble adversaire
> Sur qui tout leur effort leur semble nécessaire,
> Et leurs coups contre moi redoublés en tous lieux
> Montrent qu'ils ne se croient jamais victorieux.

Sa mort ne les désarma pas, et ils le poursuivirent
jusque dans la tombe ; qu'on en juge par l'épitaphe
suivante qui est accompagnée de plusieurs autres du
même genre :

> Ci-gît un coquin de génie
> Qui pendant quarante ans, en butte aux coups du sort,
> Reçut de sa folle patrie,
> En masse, le jour de sa mort,
> L'honneur qui lui manqua toute sa vie.

. (45) Voici ce que les *Apôtres* disaient de Robespierre, qu'ils ne ménageaient pas non plus, quoiqu'il fût loin d'avoir alors la célébrité à laquelle il arrivera plus tard pour le malheur de la France : « Sa réputa-
» tion politique a commencé en Artois par un mémoire
» *foudroyant* sur les paratonnerres. Dès ce moment
» les éclairs de son génie percent de toutes parts.
» L'Artois vit en lui un nouveau Franklin. Tour-à-
» tour poète, historien, géographe, naturaliste, phy-
» sicien, journaliste, législateur, nous n'hésitons pas
» à dire affirmativement que si M. le comte de Mira-
» beau est le flambeau de la Provence, M. de Robes-
» pierre est la *chandelle* d'Arras. »

(46) Un des numéros des *Actes des Apôtres* contient un poème héro-natio-épi-constitutio-politico-comique, intitulé la *Targetade* ou bien le *Triomphe de la Démocratie*, drame national en *vers civiques*. Dans un autre numéro, les *quarante-cinq* (c'est ainsi que se désignaient eux-mêmes les rédacteurs des *Actes des Apôtres*) racontent une anecdote « qui, disent-ils,
» prouve combien M. Target, président de la plus au-
» guste assemblée de l'univers, a de ressources dans
» l'esprit :

« M. Target présidait une séance du soir; il venait
» de faire une proposition à l'assemblée. Tous les hom-
» mes instruits savent que le président ne peut point
» ouvrir d'avis. M. le marquis de Foucault se leva et
» appuya la motion de M. le président. — Monsieur,

14

» ce n'est point une motion, c'est un avis. — J'appuie
» l'avis de M. le président. — Monsieur, ce n'est point
» un avis, c'est une observation. — J'appuie l'obser-
» vation de M. le président. — Monsieur, ce n'est pas
» une observation, c'est un développement.— J'appuie
» le développement de M. le président..... M. Target,
» voyant que l'assemblée prenait au sérieux ce qui
» n'était de sa part qu'une plaisanterie, termina là ce
» dialogue qui aurait pu devenir fort piquant. »

Target est de tous les constituants le plus maltraité
après Mirabeau ; mais quelque ennemi que l'on soit de
ce genre de polémique, on est presque tenté d'applaudir à tous les traits dirigés contre l'homme qui a eu
la lâcheté de refuser à l'infortuné Louis XVI l'appui de
son talent.

(47) Les *Actes des Apôtres* contenaient jusqu'à des
romances politiques avec la musique.

(48) Il va sans dire que nous nous plaçons ici exclusivement au point de vue littéraire et que nous n'en-
tendons pas approuver les personnalités plus ou moins
malignes dont les *Actes des Apôtres* sont remplis.

(49) Il y a dans les *Actes des Apôtres* certains passages contre l'abbé Maury que nous n'oserions pas
citer ; tant ils sont obcènes! Du reste l'abbé Maury fut
également attaqué, persiflé, vilipendé par d'autres
journaux royalistes. On trouve dans le *Journal en vau-*

devilles des débats et décrets de l'Assemblée nationale
un parallèle entre Mirabeau et le futur archevêque de
Paris, son rival d'éloquence ; ce parallèle est une satire dirigée encore plus contre l'abbé Maury que contre
Mirabeau :

> Mirabeau fameux par ses dettes,
> Son génie et ses passions ;
> Maury par ses mœurs indiscrètes
> Qu'on connaît mieux que ses sermons.
> Le premier a flétri, peut-être,
> Un nom par son père illustré ;
> L'autre à dessein s'est fait connaître
> Pour flétrir un nom ignoré, etc., etc.

Un parti qui s'attache à déconsidérer ses chefs, ne
saurait se plaindre d'être battu.

(50) Aux *Actes des Apôtres* le parti révolutionnaire
opposa les *Evangélistes du jour*, de Dulaure, et la *Légende dorée* ou les *Actes des Martyrs* dont voici
l'épigraphe :

> .... J'ai tout Peltier
> Roulé dans mon office en cornets de papier.

Nous allons en donner un échantillon :

*Extase de deux aristocrates à la lecture d'une pièce de vers
insérée dans les* ACTES DES APOTRES *et intitulée* HORREUR.

Que lisez-vous, Marquis ? — Comte, des vers charmants,
Dont le titre tout seul vous ravira, je gage ;

En honneur, je ne sais où ces auteurs plaisants
Vont puiser tant d'esprit. — Quel est donc cet ouvrage
Qui vous transporte tant ? — Vous ne devinez pas ?
Quand on parle de prose ou de vers délicats ,
On sait bien qu'il s'agit des *Actes des Apôtres* ;
Lisez ce titre : *Horreur* ! je l'aime infiniment.
— *Horreur* ! c'est fort joli , vraiment.
— Parcourons leurs écrits ; nous en verrons bien d'autres.

Comme tous les journaux à grand succès , les *Actes des Apôtres* donnèrent naissance à d'autres feuilles conçues dans le même esprit. Nous citerons la *Bible d'à-présent* , — l'*Apocalypse* , — le *Livre des rois du nouveau testament* , où nous avons remarqué une prétendue lettre adressée par Pitt à l'ambassadeur d'Angleterre, pour le féliciter de la part qu'il a prise au bouleversement de la France : « Dans moins de six mois, « la pyramide de dix siècles s'est écroulée. Grâce aux » *arguments irrésistibles* de l'Angleterre , dont vous » avez su vous servir à propos , l'Hercule français du » XVIe et du XVIIe siècles , *régénéré* , est dépouillé de » sa massue et de sa peau de lion. » — Le *Martyro-* » *loge national* , — Les *Quatre Évangélistes*. Voici » deux extraits, l'un du *Martyrologe national*, l'autre » des *Quatre Évangélistes* :

Un Français , amateur du beau,
Parlant des députés , disait à Mirabeau :
Leurs décrets sont *inimitables* ,
Leurs orateurs sont *incroyables* ;
Et leurs assignats *impayables*.

Le Trictrac national.

La noblesse a pris le coin bourgeois ;
Le clergé a fait la pille de misère ;
Le tiers a pris le coin par puissance ;
L'évêque d'Autun a fait la case du diable.....
Lafayette bat souvent les deux coins....
Les parlements ont joué trop serré....
L'armée et la marine sont en grande bredouille ,
La France ne peut se sauver que par un jan de retour.

Sous le Directoire , on essaya de ressusciter en quelque sorte les *Actes des Apôtres* sous ce titre les *Actes des Martyrs par une société de bons apôtres* ; mais , au troisième numéro, le journal fut supprimé par ordre supérieur. On lit dans le premier numéro :

Les Cinq contre un.

Français, pour qui tout est objet d'agiotage ,
Voulez vous, par un calcul sage ,
Assurer le bonheur commun ,
Et fixer à la fois la fortune et la gloire ?
Agiotez le Directoire ,
Et donnez *cinq* pour *un*

(51) On raconte qu'au commencement de la révolution , le duc d'Orléans ayant chargé le duc de Biron de voir Rivarol , pour l'engager à publier une brochure contre la cour , Rivarol parcourut d'un air dédaigneux le canevas qui lui fut présenté , et , après un moment de silence , dit au plénipotentiaire : « Monsieur le duc,

» envoyez votre laquais chez Mirabeau ; joignez-y quel-
» ques centaines de louis ; votre commission est faite. »
Depuis, il se montra toujours très-hostile au duc
d'Orléans.

(52) Il est probable que Rivarol n'eût pas été plus
heureux que Champcenetz, son collaborateur dans la
rédaction des *Actes des Apôtres*, qui, moins connu,
ne fut pourtant pas protégé par son obscurité et périt
sur l'échafaud quelques jours avant le 9 thermidor,
en demandant plaisamment si on pouvait se faire rem-
placer comme pour la garde nationale.

(53) Nous avons vainement cherché à nous procurer
ces lettres qui ne font pas partie de la collection des
œuvres de Rivarol. On nous a écrit de Paris qu'il était
impossible aujourd'hui de les avoir.

(54) Il résulte d'une admirable lettre de Louis XVI,
conservée dans les archives, qu'il repoussait lui-même
l'intervention armée de l'étranger par des motifs de
patriotisme et d'humanité. Sa belle âme était ouverte
à tous les sentiments généreux.

(55) Cette première partie forme un volume de près
de 400 pages in-8°.

(56) Ce reproche ne serait pas exagéré, s'il s'appli-
quait au *Discours sur l'universalité de la langue*

française, dont le style est en effet entâché d'affectation dans certains endroits.

(57) Diderot , *Essai sur les règnes de Claude et de Néron* , tome II , page 140.

(58) « Car, dit-il , si le scélérat lui-même s'appelait » hautement scélérat , si le brigand s'intitulait bri= » gand , tout serait perdu. C'est ce qui est arrivé dans » la révolution , quand les Jacobins ont osé s'appeler » *braves brigands*. »

(59) Cela ne rappelle-t-il pas ces mots fameux : « *La* » *France s'ennuie*, qui furent sitôt suivis de la révolution de février ? Helvétius soutient sérieusement que *l'ennui est un principe de perfectibilité pour l'esprit humain*. Ceux qui se complaisent dans les révolutions, ceux pour qui toute révolution est un progrès, doivent partager l'opinion d'Helvétius et regarder *l'ennui* comme *un principe de perfectibilité pour les peuples* ; car un peuple qui s'ennuie, se laisse facilement séduire par l'appât des innovations ; il lui faut du nouveau , n'en fût-il plus au monde , pour le guérir de *cette maladie du bonheur* dont parle Rivarol, et il s'élance à sa poursuite avec une ardeur à laquelle rien ne résiste. L'expérience a surabondamment démontré qu'une révolution était un remède infaillible contre l'ennui. Nos pères , en 93 , ne s'ennuyaient guère , sans doute ; et nous-mêmes, nous avons peu connu l'ennui en 48.

(60) « On vit la France saisie tout-à-coup comme
» d'une démence d'Oreste , immoler son roi innocent ,
» sa reine étrangère , ses orateurs , ses philosophes,
» ses poètes , ses femmes , ses enfants , ses vieillards ,
» et jusqu'à ces jeunes vierges traînées en groupe à
» l'échafaud , pour composer en quelque sorte à la
» mort des bouquets de cadavres.» (*Lamartine*, Cours
» familier de littérature.

(61) Lamennais. *Essai sur l'indifférence en matière
de religion.*

(62) Rivarol ne savait pas résister dans certaines oc-
casions au plaisir de dire un bon mot. A Hambourg ,
dans un souper où les convives étaient embarassés
pour comprendre un trait qui venait de lui échapper ,
il dit à haute voix, en se tournant vers un Français qui
était à côté de lui : « Voyez ces Allemands, ils se coti-
» sent pour entendre un bon mot. »

(63) Grotius.

(64) Rivarol disait à propos de son mariage : « Un
» jour je m'amusai à médire de l'amour : il m'envoya
» l'hymen pour se venger ; depuis, je n'ai vécu que
» de regrets. — Je ne suis ni Jupiter ni Socrate ; j'ai
» trouvé dans ma maison Xantippe et Junon. »
Madame de Rivarol se piquait elle-même d'écrire ; elle
fit paraître, quelques années après la mort de son mari,

une lettre dans les journaux, pour rectifier les erreurs qui s'étaient glissées dans diverses biographies de Rivarol. Cette lettre est dans le cinquième volume de la collection complète des œuvres de Rivarol, éditées en 1808. — Le fils de Rivarol est mort au service du Danemarck.

(65) Mirabeau.

(66) Voltaire disait : « L'esprit de Rivarol c'est un feu » d'artifice tiré sur l'eau. » Chenedollé appelle Rivarol *le dieu de la conversation*. Rivarol était aussi surnommé le *St-Georges de l'épigramme*.

(67) Nous avons cité dans le cours de cette notice certains bons mots de Rivarol. En voici quelques autres qui achèveront de faire connaître à cet égard la tournure de son esprit. — On lui demandait son avis sur un distique : *C'est bien*, dit-il, *mais il y a des longueurs*. — Il disait d'un homme connu pour sa malpropreté : *Il ferait tache dans la boue ;* d'un écrivain de qui il avait à se plaindre : *Il m'a donné un coup de pied de la main dont il écrit ;* de l'abbé de Vauxcelles, auteur de plusieurs oraisons funèbres : *On ne sent jamais mieux le néant de l'homme que dans la prose de cet orateur ;* de M. de Champcenetz l'aîné, homme très-mystérieux : *Il n'entre point dans un appartement, il s'y glisse ; il longe le dos des fauteuils et va s'établir dans un angle de l'appartement, et quand on lui demande*

14*

comment il se porte : **Taisez-vous donc , est-ce qu'on
dit ces choses-là tout haut ?** de Garat : *Il a des phrases d'une longueur désespérante pour les asthmati-
ques* ; d'Arnaud : *La probité de ses vers et l'honnêteté
de sa prose sont connues* ; de Chabanon : *Il a traduit
Théocrite et Pindare de toute sa haine contre les
Grecs ;* de Condorcet dont le style lui paraissait lourd
et soporifique : *Il écrit avec du plomb sur des feuilles
d'opium ;* des vers de François de Neufchâteau : *C'est
de la prose où les vers se sont mis ;* d'un article de
l'*Encyclopédie* sur l'évidence, par Turgot, article fort
obscur : *C'est un nuage chargé d'écrire sur le soleil* ;
à Florian, qu'il rencontra un jour marchant avec un
manuscrit qui sortait de sa poche : *Ah ! monsieur , si
on ne vous connaissait pas, comme on vous volerait !*
à l'abbé de Balivière , qui voulait avoir de lui une épigraphe pour une brochure qu'il venait de composer :
Je ne puis vous offrir qu'une épitaphe ; en parlant de
la maladresse des Anglaises : *Elles ont deux bras gau-
ches ;* à propos du *Monde primitif* de Court de Gébe-
lin : *C'est un livre qui n'est pas proportionné à la brièveté de la vie et qui sollicite un abrégé dès la première
page ;* au sujet de la nomination de Chamfort à l'Académie : *C'est une branche de muguet entée sur des
pavots.* On formerait aisément des volumes avec les
bons mots de Rivarol.

Un jour Rivarol causait avec un mathématicien qui
n'aimait pas Buffon. Ce mathématicien lui disait :
« Ne me parlez pas de votre Buffon , de ce comte de

» Tuffières qui, au lieu de nommer simplement le
» *cheval*, dit : La plus noble conquête que l'homme
» ait jamais faite est celle de ce fier et fougueux ani-
» mal, etc. — Oui, reprit Rivarol, c'est comme ce
» sot de J.-B. Rousseau qui s'avise de dire :

> Des bords sacrés où naît l'aurore
> Aux bords enflammés du couchant,

» au lieu de dire l'*Est* et l'*Ouest*. »

Quelqu'un s'étant servi avec Rivarol de cette locution : « *Permettez que je vous dise ma façon de*
« *penser*, » celui-ci lui répondit : « *Dites tout uniment*
» *votre pensée et épargnez-moi la façon.* »

Rivarol avait un frère qui ne manquait pas de mérite et qui, en 1790, fit recevoir au Théâtre-Français
une tragédie intitulée *Guillaume le Conquérant*. Il
disait de lui : « *Il serait l'homme d'esprit d'une autre*
» *famille, et c'est le sot de la nôtre ;* » mot qui rappelle celui du vicomte de Mirabeau, frère du célèbre
orateur : « *Dans une autre famille, je passerais pour*
» *un homme d'esprit et pour un mauvais sujet ; dans*
» *la nôtre, je passe pour un sot et pour un homme*
» *rangé.* » Ce mot de Rivarol vient à l'appui du reproche de fatuité qui lui a été souvent adressé. Il disait encore de son frère : » *C'est une montre à répé-*
» *tition ; elle sonne bien, quand il me quitte.* »

Nous ajouterons à ces citations quelques pensées
plus sérieuses qui sont vraiment dignes d'être repro-
duites :

— « Voltaire a employé la mine de plomb pour

» l'épopée , le crayon pour l'histoire , le pinceau pour
» la poésie fugitive..... Voltaire, produisant une pièce
» fugitive, était Hercule maniant de petits fardeaux
» et les faisant voltiger sur ses doigts ; son excès de
» force était sa grâce. »

— » Il en est des opérations de l'algèbre comme du
» travail des dentelières qui , en promenant leurs
» fils au travers d'un labyrinthe d'épingles , arrivent,
» sans le savoir , à former un magnifique tissu. »

— » Les petits esprits triomphent des fautes des
» grands génies comme les hiboux se réjouissent
» d'une éclipse de soleil. »

— » L'*Esprit des lois* est comme le Nil : large ,
» immense , fécond dans son cours , faible et obscur
» à sa naissance. »

— » Le despote qui ne voit dans les hommes que
» de vils moutons et le philosophe qui ne voit en eux
» que de fiers lions , sont également insensés et cou-
» pables. »

— « Le talent est un art mêlé d'enthousiasme. S'il
» n'était qu'art, il serait froid ; s'il n'était qu'enthou-
» siasme , il serait déréglé ; le goût leur sert de
» lien. »

— « Les idées font le tour du monde; elles roulent
» de siècle en siècle, de langue en langue, de vers en
» prose, jusqu'à ce qu'elles s'enveloppent d'une image
» sublime , d'une expression vivante et lumineuse qui
» ne les quitte plus ; et c'est ainsi qu'elles entrent dans
» le patrimoine du genre humain. »

— « On peut diviser les animaux en personnes d'es-
» prit et en personnes de talent. Le chien, l'éléphant,
» par exemple, sont des gens d'esprit ; le rossignol et
» le ver à soie sont des gens à talent. »

— « Que d'écrivains sont persuadés qu'ils ont fait
» penser leur lecteur, quand ils l'ont fait suer ! »

— « Les opinions, les théories, les systèmes pas-
» sent tour-à-tour sur la meule du temps qui leur
» donne d'abord du tranchant et de l'éclat et qui finit
» par les user. »

— « En vain les trompettes de la renommée ont pro-
» clamé telle prose ou tels vers ; il y a toujours dans
» la capitale trente ou quarante têtes incorruptibles
» qui se taisent. Ce silence des gens de goût sert de
» conscience aux mauvais écrivains et les tourmente
.» le reste de leur vie. »

— « On ne saurait entourer l'art des vers de trop
» de remparts et d'obstacles, afin qu'il n'y ait que
» ceux qui ont des ailes qui puissent les franchir. »

— « Quand un homme se révèle tout-à-coup au pu-
» blic dans un chef-d'œuvre, la foule des imitateurs
» se presse autour de lui ; ils se font lierre, parce qu'il
» s'est fait chêne. »

— « L'imprimerie est l'artillerie de la pensée..... Il
» faut attaquer l'opinion avec ses armes ; on ne tire
» pas des coups de fusil aux idées. »

— « Les coalisés ont toujours été en arrière d'une
» année, d'une armée et d'une idée. »

— « L'univers est composé de cercles concentriques

» ordonnés les uns autour des autres et qui se répon-
» dent tous avec une merveilleuse harmonie, depuis
» l'insecte et l'homme, depuis l'atome et le soleil,
» jusqu'à l'être unique, éclatant et mystérieux qui leur
» sert de centre. »

— « Nos goûts et nos passions nous dégradent plus
» que nos opinions et nos erreurs. J.-J. Rousseau est
» plus avili par ses *Confessions* que par ses para-
» doxes. »

— « On ne pleure jamais tant que dans l'âge des es-
» pérances ; mais quand on n'a plus d'espoir, on voit
» tout d'un œil sec, et le calme naît de l'impuissance. »

— « Les grands talents sont, pour l'ordinaire, plus
» rivaux qu'amis ; ils croissent et brillent séparés, de
» peur de se faire ombrage. Les moutons s'attroupent
» et les lions s'isolent. »

— » Rousseau a des cris et des gestes dans son
» style ; il n'écrit point ; il est toujours à la tribune. »
Rivarol n'est pas toujours à la tribune comme Rousseau ; à de rares exceptions près, il n'a pas dans son
style les cris et les gestes de l'orateur ; mais il a quelque
chose des gestes plus familiers, de l'allure plus libre,
de la parole plus leste et plus dégagée du causeur,
ainsi que nous l'avons fait observer dans la première
partie de cette notice.

(68) Cette heureuse expression appartient à M. Villemain qui l'a appliquée à un écrivain également puissant par sa conversation.

(69) D'Aguesseau dit dans une de ses belles mercuriales : « Le meilleur esprit a besoin d'être formé par « un travail persévérant et une culture assidue. Les « grands talents deviennent quelquefois de grands dé- « fauts , quand ils sont livrés et abandonnés à eux- « mêmes. —Ailleurs, d'Aguesseau, parlant de l'*esprit* qu'il prend là dans le sens le plus léger, et qu'il considère par le mauvais côté, en donne une définition qui peut aussi très-bien s'appliquer à Rivarol : « L'esprit « consiste à voler d'objets en objets sans en approfondir « aucun , à cueillir rapidement toutes les fleurs sans « donner aux fruits le temps de parvenir à leur mâtu- « rité. »

—M. de Tilly écrivait à Rivarol , après la publication des articles du *Journal politique national* : « Adieu, mon cher Tacite ; *macte animo;* point de « distraction , et vous pourrez dire un jour : *Exegi* « *monumentum perennius ære*. Vous aurez vaincu « toutes les difficultés et tous vos rivaux, quand vous « aurez vaincu la *paresse*. »

(70) Il a paru, il y a peu de temps, un volume in-12 dans lequel on a tâché de réunir ce qu'offre de plus remarquable la collection des œuvres de Rivarol éditées en 1808, qui laisse tant à désirer, parce que rien n'y est à sa place et qu'on y a fait entrer un grand nombre de platitudes auxquelles Rivarol était tout-à-fait étranger ; mais ce volume est , à notre avis , loin de contenir tout ce qu'on devrait y trouver. Nous y avons vaine-

ment cherché , par exemple , le tableau du règne de la
terreur , et assurément Rivarol n'a rien écrit de plus
beau. Nous pouvons en dire autant des admirables
pages sur les philosophes modernes que nous avons
citées dans la troisieme partie ; le volume en question
n'en renferme pas le moindre passage. Ensuite on y
voit une foule de pensées détachées qui, séparées de ce
qui les précède et de ce qui les suit dans le texte d'où
elles ont été tirées , perdent considérablement de leur
prix ; souvent même , pour être bien comprises , elles
auraient besoin de plus de développement ; certains
extraits sont trop écourtés. Par contre , il y aurait
quelques retranchements à opérer. Ainsi rien n'est
plus connu que cet aphorisme de Bacon : *Un peu de
philosophie éloigne de la religion ; beaucoup de philosophie y ramène.* Eh ! bien , cet aphorisme est attribué
à Rivarol qui n'a fait que le citer dans le *Journal
politique national.* Nous avons de plus remarqué ,
dans la partie qui a pour titre : *Maximes , pensées ,
paradoxes ,* des répétitions nombreuses. On y retrouve
la plupart des idées les plus saillantes du *Discours
sur l'universalité de la langue française* et des *Lettres sur la religion et sur la morale* qui ont été insérés en entier. Parmi les pièces de vers , il eût fallu au
moins élaguer la *Réponse de la couleuvre à* Mme *de
Genlis ,* que nous avons déjà signalée comme peu digne de figurer dans des œuvres *choisies.* Par quelques
additions et par quelques suppressions , l'éditeur de ce
volume , à qui du reste on doit savoir gré de sa louable

initiative, quoiqu'il n'ait pas entièrement atteint le but, pourrait aisément en faire un ouvrage très-intéressant et assez complet pour donner une juste idée du talent de Rivarol.

Nous avons, en finissant, une omission à réparer. Nous n'avons rien dit des notes qui accompagnent le *Discours sur l'universalité de langue française* ; et pourtant elles méritent une mention particulière; car elles sont pleines de détails fort curieux, et d'observations très-judicieuses sur les diverses langues que Rivarol a passées en revue dans son discours, sur les racines des mots, sur le divorce de la prononciation et de l'orthographe, sur l'harmonie du langage, sur « la dépendance où la parole met la pensée, dépen- » dance si étroite qu'il n'est pas de courtisan un peu » habile qui n'ait éprouvé qu'à force de dire du bien » d'un sot ou d'un fripon en place, on finit par en » penser, » sur les avantages que présente à certains égards l'inversion latine comparée à la construction directe : « *Monsieur, prenez garde à un serpent qui* » *s'approche*, vous crie un grammairien français, et » le serpent est à vous avant qu'il soit nommé. Un » latin vous eût crié, *serpentem fuge* ; et vous auriez » fui au premier mot, sans attendre la fin de la phrase. » En suivant Racine et La Fontaine de près, on s'aper- » çoit que, sans jamais blesser le génie de la langue, » ils ont presque toujours nommé le premier l'objet

» qui frappe le premier, comme les peintres placent sur
» le premier plan le principal personnage du tableau.
» — La nation la plus vive et la plus légère de l'Eu-
» rope a eu longtemps les danses les plus graves,
» comme le menuet et la sarabande, la musique la
» plus lourde et la construction directe qui est la
» moins vive. »

Il y a dans ces notes une appréciation du théatre
de Shakespeare que nous allons citer en entier, parce
qu'elle nous parait faite pour clore dignement notre
travail :

« Comme le théâtre donne un grand éclat à une
» nation, les Anglais se sont ravisés sur leur Shakes-
» peare, et ont voulu non seulement l'opposer, mais
» le mettre encore fort au-dessus de notre Corneille,
» honteux d'avoir jusqu'ici ignoré leur propre richesse.
» Cette opinion est d'abord tombée en France, comme
» une hérésie en plein concile ; mais il s'y est trouvé
» des esprits chagrins et anglomans, qui ont pris la
» chose avec enthousiasme. Ils regardent en pitié
» ceux que Shakespeare ne rend pas complètement
» heureux, et demandent toujours qu'on les enferme
» avec ce grand homme ; partie malsaine de notre lit-
» térature, lasse de reposer sa vue sur les belles pro-
» portions ! Essayons de rendre à Shakespeare sa véri-
» table place.

» On convient d'abord que ses tragédies ne sont que
» des romans dialogués, écrits d'un style obscur et
» mêlé de tous les tons ; qu'elles ne seront jamais des

» monuments de la langue anglaise que pour les An-
» glais mêmes ; car les étrangers voudront toujours
» que les monuments d'une langue en soient aussi les
» modèles, et ils les choisiront dans les meilleurs
» siècles. Les poèmes de Plaute et d'Ennius étaient
» des monuments pour les Romains et pour Virgile
» lui-même ; aujourd'hui nous ne reconnaissons que
» l'Énéide. Shakespeare, pouvant à peine se soutenir
» à la lecture, n'a pu supporter la traduction, et l'Eu-
» rope n'en a jamais joui ; c'est un fruit qu'il faut
» goûter sur le sol où il croît. Un étranger qui n'ap-
» prend l'anglais que dans Pope et Addison, n'entend
» pas Shakespeare, à l'exception de quelques scènes
» admirables que tout le monde sait par cœur. Il ne
» faut pas plus imiter Shakespeare que le traduire ;
» celui qui aurait son génie demanderait aujourd'hui
» le style et le grand sens d'Addison. Car, si le lan-
» gage de Shakespeare est presque toujours vicieux,
» le fond de ses pièces l'est bien davantage ; c'est un
» délire perpétuel ; mais c'est quelquefois le délire du
» génie. Veut-on avoir une idée juste de Shakespeare?
» qu'on prenne le Cinna de Corneille, qu'on mêle
» parmi les grands personnages de cette tragédie quel-
» ques cordonniers disant des quolibets, quelques
» poissardes chantant des couplets, quelques paysans
» parlant le patois de leurs provinces, et faisant des
» contes de sorciers ; qu'on ôte l'unité de lieu de
» temps et d'action ; mais qu'on laisse subsister les
» scènes sublimes, et on aura la plus belle tragédie de

» Shakespeare. Il est grand comme la nature et iné-
» gal comme elle, disent ses enthousiastes. Ce vieux
» sophisme mérite à peine une réponse.

» L'art n'est jamais grand comme la nature, et
» puisqu'il ne peut tout embrasser comme elle, il est
» contraint de faire un choix. Tous les hommes aussi
» sont dans la nature, et pourtant on choisit parmi
» eux, et dans leur vie on fait encore choix des ac-
» tions. Quoi! parce que Caton, prêt à se donner la
» mort, châtie l'esclave qui lui refuse un poignard,
» vous me représentez ce grand personnage donnant
» des coups de poing? Vous me montrez Marc-An-
» toine ivre et goguenardant avec des gens de la lie
» du peuple? Est-ce par là qu'ils ont mérité les regards
» de la postérité! Vous voulez donc que l'action théâtrale
» ne soit qu'une doublure insipide de la vie? Ne sait-
» on pas que les hommes, en s'enfonçant dans l'obs-
» curité des temps, perdent une foule de détails qui
» les déparent, et qu'ils acquièrent par les lois de la
» perspective une grandeur et une beauté d'illusion
» qu'ils n'auraient pas, s'ils étaient trop près de nous?
» La vérité est que Shakespeare, s'étant quelquefois
» transporté dans cette région du beau idéal, n'a ja-
» mais pu s'y maintenir. Mais, dira-t-on, d'où vient
» l'enthousiasme de l'Angleterre pour lui? De ses
» beautés et de ses défauts. Le génie de Shakespeare
» est comme la majesté du peuple anglais; on l'aime
» inégal et sans frein; il en paraît plus libre. Son style
» bas et populaire en participe mieux de la souverai-

» neté nationale. Ses beautés désordonnées causent
» des émotions plus vives, et le peuple s'intéresse à
» une tragédie de Shakespeare, comme à un événe-
» ment qui se passerait dans les rues. Les plaisirs purs
» que donnent la décence, la raison, l'ordre et la
» perfection ne sont faits que pour les âmes délicates
» et exercées. On peut dire que Shakespeare, s'il était
» moins monstrueux, ne charmerait pas tant le peu-
» ple, et qu'il n'étonnerait pas tant les connaisseurs,
» s'il n'était pas quelquefois si grand. Cet homme ex-
» traordinaire a deux sortes d'ennemis, ses détrac-
» teurs et ses enthousiastes ; les uns ont la vue trop
» courte pour le reconnaître quand il est sublime ; les
» autres l'ont trop fascinée pour le voir jamais autre.
» *Nec rude quid prosit video ingenium.* Hor.

FIN DES NOTES.

*ERRATUM.—Page 312, 20e ligne, au lieu d'*épigraphe*, lisez ÉPITAPHE.

www.ingramcontent.com/pod-product-compliance
Lightning Source LLC
Chambersburg PA
CBHW072351030726
47505CB00014B/1457